Felix Buchmair

Der Wolf vom Tannberger Forst

Zu diesem Buch!

Der Wolf breitet sich im deutschsprachigen Raum immer weiter aus und genießt annähernd Vollschutz. Allein in Deutschland gibt es mittlerweile 105 bestätigte Rudel. (Stand 2019) Massive Probleme sind vorprogrammiert. Geht seine Verbreitung ungezügelt weiter wie bisher, dürfte jegliche Weidehaltung auf lange Sicht zum Erliegen kommen.

Der Wolf ist weder gut noch böse, aber er ist ein Raubtier. Ohne Bejagung verliert er seine angeborene Scheu vor dem Menschen und wird ihn früher oder später in sein Beutespektrum einreihen.
Dafür gibt es Beweise. Hunderte Menschen, vor allem Kinder und Jugendliche wurden weltweit schon von Wölfen getötet.

Diese Tatsache wird bewusst verschwiegen.

Tietelbild : Shutterstock

Herstellung und Verlag: BoD - Books on Deamand, Norderstedt

ISBN: 978-3-7504-9275-2

Über den Autor!

Der Buchautor und „Stücklschreiber" Felix Buchmair lebt im südlichen Bayern. Seine Liebe zum Landleben spiegelt sich in seinen sämtlichen Theaterstücken wider. Als Jäger, Fischer und begeisterter „Rosserer" hat er zudem einen realistischen Blick zu den Abläufen in der Natur.
Die Begeisterung von weltfremden Fantasten um die Wiederkehr des Wolfs kann er nicht teilen und prophezeit - eines Tages ein böses Erwachen.

Handlung:

Der Ort Tannberg liegt im Sterben. Seit der größte Arbeitgeber, die Zeche, ihre Pforten für immer schloss, ging es nur noch bergab.

Die Bewohner sehen es deshalb als Glücksfall, als bekannt wird, dass man in den umliegenden Wäldern einen riesigen Natur- und Erlebnispark errichten will. Viele neue Arbeitsplätze könnten entstehen und der Tourismus würde langfristig angekurbelt.

In dieser Zeit der Hoffnung geschieht ein entsetzliches Unglück. Eine junge Frau wird von einem Wolf bestialisch getötet.

Noch bevor man aus der Schockstarre erwacht, wird eine Joggerin erneutes Opfer. Alle Versuche, das Raubtier zu erlegen, scheitern. In der Folge wird das Naturpark Projekt ebenfalls abgesagt, weshalb die Spannungen in der Bevölkerung teils bedrohliche Ausmaße annehmen. Als schließlich durch Hetze und Intrigen die Ehe des Försters zerbricht, macht sich dieser alleine auf die Suche nach dem Wolf und ein äußerst tragisches Finale nimmt seinen Lauf.

Der Wolf vom Tannberger Forst
Eine deutsche Geschichte

„Der Wolf vom Tannberger Forst"

Tom lenkte den Wagen in den Parkplatz, als ein herrlicher Spätsommertag sich dem Ende zu neigte. Seine Freundin Linda sah ihn belustigt von der Seite an und lehnte sich bequem zurück.

„Was ist los? Willst du hier etwa übernachten?"

Tom lächelte hintergründig und schwieg, klickte dann bedächtig die Sicherheitsgurte auf und zog das Mädchen plötzlich ungestüm an sich, um sie sogleich mit wilden Küssen zu bedecken. Linda ließ ihn eine Weile gewähren und genoss seine Leidenschaft, aber als er Anstalten traf, ihre Bluse aufzuknöpfen, sträubte sie sich energisch.

„Bist du verrückt geworden? Direkt neben der Straße. Dauernd fahren Autos vorbei und jeden Moment kann eines in unseren Parkplatz einbiegen."

„Und wenn schon, ist doch fast schon dämmrig. Jetzt sei doch nicht so zickig", erwiderte Tom und fuhr fort, sie begehrlich mit zitternden Händen zu streicheln. Aber Linda klopfte ihm energisch auf die Finger. „Quatsch keinen Mist. Ich mag das nicht in der Öffentlichkeit. Basta."

„Dann lass uns wenigstens etwas in den Wald gehen, Liebling. Es ist so ein lauer Sommerabend."

Damit war er schon ausgestiegen, ging um den Wagen herum und öffnete ihr die Türe.

„Jetzt komm bitte, bevor es finster wird", bettelte Tom.

Er nahm zärtlich ihre kleine Hand und wanderte mit ihr immer tiefer in den Forst, bis der Lärm der Straße kaum mehr zu vernehmen war. Dann blieben sie stehen und küssten sich leidenschaftlich, streiften sich in plötzlichem Verlangen mit fiebernden Händen die Kleider vom Leib und sanken auf den weichen, moosigen Waldboden, wo sie sich hemmungslos ihrer jungen Liebe hingaben.

Als der selige Taumel vorüber war, hielten sie sich noch einige Zeit eng umschlungen, bis beide ein leichtes Frösteln ankam.

„Lass uns wieder anziehen, Tom. Du bist ganz nass geschwitzt, sonst verkühlst du dich noch."

Sie hatten Mühe, ihre in der Hast abgeworfenen Kleidungsstücke wieder zu finden, denn mittlerweile war es wirklich finstere Nacht geworden.

Gerade, als sie sich zum Gehen anschickten und Linda wieder ihre Hand in die seine schmiegte, knackte vernehmlich ein trockener Ast, höchstens einen Steinwurf entfernt.

Erschrocken sahen beide in die Richtung, konnten aber nichts erkennen. Dutzende Leuchtkäfer schwebten zwischen den Stämmen und gaukelten ihnen Augen vor, welche sie anstarrten.

„Was war das, Tom?"

„Ich weiß nicht", flüsterte er, „aber ich denke, es ist besser, wir gehen leise zurück."

Als sie sich in Bewegung setzten, hörten beide wieder ein Rascheln, das aber bedeutend näher schien, als das erste Geräusch. Sie horchten mit angehaltenem Atem, wieder schien Reisig zu knacken, diesmal jedoch seitlich von ihnen. Das nächste Geräusch, ein kaum vernehmbares Anstreifen von Zweigen, war in ihrem Rücken und dann wieder rechts von ihnen.

Es gab keinen Zweifel, dass der Verursacher dieser angsteinflößenden Geräusche sie einmal umkreist hatte.

Mittlerweile stand ihnen kalter Angstschweiß auf der Stirn und ihre Hände hielten sich zittern umkrampft.

„VERSCHWINDE DU DRECKSACK!"
Tom hatte es urplötzlich in seiner Angst und Verzweiflung hinausgebrüllt.
Einen Moment war absolute Stille. Dann antwortete ein tiefes, drohendes Knurren.

Mit vor Schreck aufgerissenen Augen starrten sie sich an, dann begannen beide in panischer Angst zu laufen, so schnell sie konnten. Schon wurden die Geräusche der Straße deutlicher, doch auch das Tappen eines Verfolgers, das Knistern und Brechen von Gezweig kam stetig näher und jetzt war sogar stoßweises Hecheln zu vernehmen.

Plötzlich verfing sich Lindas Fuß in einer Wurzelschlinge. Im vollen Lauf fiel sie zu Boden, im gleichen Moment stürzte sich aus dem Dunkel der Nacht ein mächtiger grauer Schatten mit einem Riesensatz auf sie.

„Tooom!"

Lindas verzweifelter Schrei fuhr ihm durch Mark und Bein, denn gleichzeitig vernahm er ein lautes Knacken und Krachen, als ob Knochen durchgebissen würden.

Tom rannte wie von tausend Teufeln verfolgt. Eine unbeschreibliche, entsetzliche Angst jagte ihm Schauer über den Rücken. Schon sah er die Scheinwerfer der vorbeifahrenden Autos. Blind vor Angst rannte er auf die Straße. Ein daherkommender Wagen geriet durch seine Vollbremsung ins Schleudern, drehte sich einmal um die eigene Achse und kam auf dem Seitenstreifen ohne weiteren Schaden zum Stehen.
Obwohl selbst kreidebleich stieg der Fahrer wutentbrannt aus und rief Tom entgegen:
„Sind Sie wahnsinnig geworden? Beinahe hätte ich Sie totgefahren."

Doch Tom schien ihn überhaupt nicht zu hören. Mit irrem Blick wankte er auf ihn zu, den Mund weit aufgerissen, als ob er jeden Moment losbrüllen wollte. Dann fiel er vor ihm auf die Knie, umklammerte dessen Füße mit aller Kraft, wobei ihn ein Schüttelfrost nur so beutelte.

Der Mann bekam es echt mit der Angst zu tun und versuchte vergeblich, Tom wegzustoßen. Dann rief er zu seiner Frau:
"Wähl den Notruf, schnell, beeil dich. Ich glaube, der Kerl da ist verrückt."

Die zuckenden Blaulichter von Polizei- und Rettungswagen tauchten den Parkplatz in gespenstisches Licht. Der Notarzt und ein Rettungsassistent bemühten sich um Tom, während ein Polizist so behutsam wie möglich versuchte, näheres von ihm zu erfahren.
Doch der Ärmste schien niemanden wahrzunehmen, nur hin und wieder rief er in völliger Verzweiflung Lindas Namen, so dass es allen Beteiligten kalt über den Rücken lief.
„Vergessen Sie es", sagte der Arzt zu dem Polizisten. „Er steht unter schwerstem Schock. Ich stelle ihn erst mal ruhig und werde dann seine Einweisung in die Psychiatrie wegen einer akuten Psychose veranlassen.

Ein weiterer Polizist kam in den Rettungswagen.
„Ich habe die nähere Umgebung abgesucht und nach dieser Linda gerufen. Absolut nichts. Aber hier auf dem Parkplatz steht ein Auto. Schaut doch mal bitte in seinen Taschen nach, ob ein Schlüssel drin ist. Vermutlich gehört er ihm. Ich denke, wir sollten auch noch Suchmannschaften anfordern,

auf dem Beifahrersitz liegt nämlich eine Damenhandtasche."

„Das besagt gar nichts", hielt der Notarzt dagegen. „Genau so gut kann diese „Linda" ihn verlassen haben. Ich vermute, er wollte sich hier umbringen. Sie sagten doch, dass er wie blind einfach auf die Straße rannte.

„Stimmt auch wieder. Wahrscheinlich haben Sie Recht. Ich werde in meinen Bericht Vermutungen in diese Richtung schreiben."

„Seine Taschen sind leer. Kein Schlüssel und keine Geldbörse", warf der Rettungsassistent ein, welcher mittlerweile Tom durchsucht hatte.

„Das reimt sich alles nicht", überlegte der Beamte mehr zu sich selbst. „Wem sollte der Wagen sonst gehören, als ihm. Es lässt doch keiner sein Auto auf einem abgelegenen Parkplatz zurück. Na ja, dann lass ich mal den Halter feststellen, dann sehen wir weiter."

Gemächlich wanderte Rainer, der junge Förster, durch seinen Bezirk. Seine Hündin Asta blieb immer, einem Schatten gleich, treu an seiner Seite. Rainer liebte seinen Wald über alles. Unter den weitausladenden Ästen der oft hundertjährigen Fichten, Tannen und Buchen fühlte er sich wohl und geborgen.

Seinem geschulten Blick entging nichts. Keine noch so kleine Bewegung, kein Vogel im Geäst und kein Trittsiegel auf sandigem oder feuchten Untergrund. Kleinste Hinweise auf hier lebende Tiere wusste er präzise zu deuten, an denen jeder Wanderer achtlos vorbeigegangen wäre.

Immer wieder verhielt er seinen Schritt, schloss die Augen und zog mit Behagen die würzige Waldluft tief in die Lungen. Dabei veränderten sich auf seinem Pirschgang die Gerüche ständig, je nachdem, welche Baumarten gerade überwogen. Da war der bittersüße Duft des jungen Birkenanfluges, der herrliche Geruch frisch geschlagener Fichtenstämme oder der leicht modrige Geruch von Moos in den Altbeständen. Schon als Kind hatte er den Wald geliebt, hier fühlte er sich, seit er denken konnte, behütet wie in seinem Elternhaus.

Plötzlich blieb sein Blick an einer sonderbaren Spur hängen, welche einige Meter vor ihm den sandigen Waldweg kreuzte. Langsam ging er näher, kniete sich nieder, schüttelte ungläubig den Kopf und redete unbewusst vor sich hin: „Das gibt's doch nicht...das ist... doch völlig ausgeschlossen."

Es war die größte Wolfsspur, welche er je gesehen hatte.

Bei einem früheren Jagdurlaub in Kanada zeigte ihm sein Führer immer wieder verschiedene Wolfsfährten, doch sie bekamen nie einen dieser Räuber zu Gesicht. Aber wenn sie abends am Lagerfeuer saßen, hörten sie gelegentlich Wölfe heulen. Noch heute lief ihm ein kalter Schauer über den

Rücken, wenn er sich an diesen gespenstisch, klagenden Ruf erinnerte.

Ungläubig starrte der Förster auf die Spur. Fast seine ganze Hand konnte er in den Abdruck legen. Seine Hündin legte prüfend ihre Nase in die Fährte und schien einen Moment zu erstarren.

„Das ist doch völlig unmöglich", stammelte er wieder leise vor sich hin. „Hier gibt es keine Wölfe." Aber die Spur vor ihm ließ keinen Zweifel zu.

Da fiel ihm plötzlich das seltsame Verhalten seines Hundes auf. Asta zog jetzt heftig an der Leine, sträubte die Haare in höchster Erregung, zitterte am ganzen Körper und hob dabei ihre Nase prüfend in den Wind.

Langsam ließ Rainer sein Gewehr von der Schulter gleiten, repetierte eine Patrone in den Lauf und hielt es schussbereit mit festem Griff. Dann folgte er bedächtig seinem Hund, der jetzt, hochgradig erregt auf irgendetwas zustrebte.

Er war auf's Äußerste gespannt und beobachtete ständig das Gelände vor sich. Plötzlich blieb der Hund wie angewurzelt stehen und beschnupperte einen am Boden liegenden Stofffetzen. Rainer wollte das Stoffteil aufheben, prallte aber in derselben Sekunde vor Schreck zurück. Der Stoff stammte offensichtlich von einer Jeans und war komplett mit Blut getränkt.

Gleichzeitig bemerkte er mit Schrecken die blutige Schleifspur, welche in einen dunklen Altbestand führte. Auch Asta bellte jetzt wie verrückt und zog heftig in diese Richtung.

Rainer band seine Hündin an einen Baum und folgte der Spur.
Bald wurde die Sicht merklich schlechter, da die dichten Kronen der mächtigen Bäume wenig Licht durchließen. Deshalb nahm er sein Fernglas zu Hilfe um die Gegend vor sich gründlich abzusuchen.
Immer wieder verhielt der Förster den Schritt und versuchte Einzelheiten in der schattigen Wildnis zu erkennen.

Da stach ihm plötzlich ein seltsamer Kontrast in´s Auge. Vielleicht vierzig Meter vor ihm war etwas, das da nicht hingehörte. Er richtete erst den Blick mit seinem Glas darauf und ging dann Schritt für Schritt näher.
Rainer konnte sich überhaupt keinen Reim auf dieses seltsame Gebilde machen. Erst als er auf wenige Meter herangekommen war, sank er, vom Grauen geschüttelt auf die Knie, schloss die Augen und bekreuzigte sich.

Vor ihm lag der Leichnam einer jungen Frau, so entsetzlich verstümmelt, dass er seine ganze Energie und Willenskraft aufwenden musste, nicht davonzulaufen und wieder den Blick darauf zu richten.

Wäre nicht dieser wunderschöne Frauenkopf gewesen, eingerahmt in lockiges, blondes Haar, dieses seltsam hübsche Gesicht, welches jetzt in der Todesstarre mit den blutleeren Lippen wie verklärt wirkte, hätte er diesen schrecklichen Anblick vielleicht noch besser ertragen. So aber wirkte das Ganze wie ein Bild aus der Hölle.

Ein Arm fehlte bis zum Rumpf, der halbe Körper war ausgehöhlt und die Füße hingen wie bei einer kaputten Puppe verrenkt zur Seite.

„Oh mein Gott-oh mein Gott", stammelte Rainer immer wieder, ohne es selbst zu bemerken.

Eine unsichtbare Kraft zog ihn immer näher zu der Toten. Er fühlte ein drängendes Verlangen, über ihre Wangen zu streicheln und zugleich brannte ein Gedanke wie Feuer in seinem Gehirn: Warum war ich nicht hier, als das geschah? Warum konnte ich dieses blühende Leben nicht beschützen? Dieser Gedanke marterte ihn zusehends und ließ ein quälendes Schuldbewusstsein in ihm aufsteigen.

Seine zitternde Hand näherte sich wie unter Zwang ihrem lieblichen Gesicht, seine Finger glitten sanft und zärtlich, wie eine Geste der Entschuldigung über ihre Wangen, doch als er die Kühle des toten Körpers fühlte, übermannte ihn mit einem Mal wieder ein unfassbares Grauen.

Er stürzte davon, rannte, stolperte und fiel, rannte wieder, weiter und weiter bis er in einem lichten, hellen Bestand zur Besinnung kam und sich erschöpft und am ganzen Körper zittern an den weißen Stamm einer mächtigen Birke lehnte. Lange Zeit verharrte Rainer so, kühlte seine heiße Stirn an der weißen Rinde und versuchte, das schreckliche Geschehen zu verarbeiten. Lauer Spätsommerwind streichelte ihn sanft, doch die Schönheit des sinkenden Tages drang nicht in sein Bewusstsein.

Erst Asta´s ungeduldiges Bellen von fern brachte ihn in die Wirklichkeit zurück. Langsam und Benommen ging er darauf zu, um seinen treuen Begleiter abzuholen.

Polizeihauptkommissar Kasilke bemühte sich geduldig, den Anrufer, welcher völlig aufgelöst wirres Zeug von einem Leichenfund stammelte, zu beruhigen, um halbwegs vernünftige Aussagen zu bekommen.

„Jetzt versuchen Sie doch bitte, mir genaue Angaben zu machen, damit wir Ihnen helfen können. Also: Wie ist Ihr Name und wo ist Ihr jetziger Standort?"

In Rainers Kopf schien sich alles zu drehen. Irgendwie glaubte er fast, das eben Erlebte nur geträumt zu haben. Doch seine zitternden Glieder und seine schreckliche Verfassung belehrte ihn eines Besseren.

Die ruhige Stimme des Polizeibeamten vermochte ihn schließlich doch etwas zur Besinnung zu bringen und vernünftig zu antworten.

„Entschuldigen Sie bitte, aber ich .. es ist so schrecklich ..Rainer Schorer .. ja, das ist mein Name...ich bin hier der zuständige Förster im Tannberger Forst... ich habe eine Leiche .. richtig gesagt .. die Überreste gefunden. Oh, mein Gott .."

„Soweit ist alles klar, Herr Schorer, jetzt sagen Sie uns bitte noch Ihren Standort, aber so, dass wir Sie auch finden können."

Rainer musste sich erst etwas besinnen, ehe er antworten konnte. „Ich bin hier in der Waldschänke, direkt an der Bundesstraße 388 gelegen."

„Alles klar, Herr Schorer, die kenne ich. Bleiben Sie bitte wo Sie sind, wir sind in wenigen Minuten bei Ihnen."

Trude, die Wirtin der Waldschänke, welche Rainer und seine Familie gut kannte, war schon völlig am Verzweifeln, weil sie sich keinen Reim machen konnte, was ihm widerfahren sein könnte.
„Jetzt trink doch wenigstens einen „Klaren" auf Kosten des Hauses, mein Junge, der bringt dich wieder auf die Reihe. Und dann sagst du mir, was passiert ist. Du bist ja völlig durchgedreht."
Rainer, der zusammengesunken auf einer Bank im Biergarten saß, sah die um ihn so besorgte Wirtin dankbar

an und ließ den angebotenen Korn langsam durch seine Kehle rinnen.

Der „Klare" brannte wie Feuer und belebte ihn schlagartig.

„Lieb von dir, Trude, aber erspar mir bitte, dass ich dir erzähle, was ich eben durchgemacht habe. Ich will dich nicht auch damit belasten."

„Wie du meinst, Junge, aber es ist doch hoffentlich nichts bei dir in der Familie geschehen?"

„Nein Trude, Gott bewahre. Es ist nur..ich habe vorhin im Wald..", wieder stockte er, schüttelte den Kopf und blickte zu Boden.

Als der Polizeibus in die Einfahrt bog, stupste die Wirtin Rainer an. „Die Polizei kommt. Was will denn die bei mir?"

„Schon gut, Trude, ich hab sie gerufen." Er stand auf und ging den Beamten entgegen.

„Herr Schorer, wenn ich nicht irre", sagte der Ältere und gab ihm freundschaftlich die Hand. „Sie scheinen sich zwischenzeitlich etwas gefasst zu haben."

„Halbwegs," erwiderte Rainer. „Soll ich vorausfahren oder bei Ihnen einsteigen?"

„Besser Sie fahren in Ihrer jetzigen Verfassung mit uns, wir bringen Sie anschließend wieder hierher."

Nach einigen Hundert Metern auf Waldwegen bat Rainer anzuhalten. „Von hier aus ist es nur ein kurzes Stück durchs Gelände."

Er ging unsicheren Schrittes voraus, doch als sie sich dem Fundort näherten, blieb er stehen, sah überlegend zu Boden und schüttelte dann entschieden den Kopf. „Entschuldigen Sie bitte, aber ich schaffe das nicht noch einmal. Dort..", er deutete in die Richtung, „ es sind vielleicht noch fünfzig Meter."

Die Polizisten zeigten mit einem stummen Nicken Verständnis und machten sich auf den Weg.

Während er ihnen nachsah, fühlte Rainer plötzlich instinktiv, dass irgendetwas nicht stimmte. Noch während er seine Sinne schärfte, ahnte und fühlte er eine drohende Gefahr und versuchte mit den Augen in das Waldesdunkel einzudringen. Schon wollte er den Beiden eine Warnung nachrufen, als plötzlich der Sprechfunk im Polizeibus die Beamten zur Standortmeldung aufforderte.

Im selben Augenblick meinte er, einen großen Schatten zu sehen, der sich rasch entfernte.

Wenig später kamen die Männer zurück. Beiden war der Schrecken im Gesicht abzulesen. Während sich der Jüngere in den Wagen setzte und sichtlich bemüht war, seine Emotionen unter Kontrolle zu bringen, legte sein Kollege Rainer die Hand auf die Schulter und sagte leise: "Jetzt kann ich verstehen, dass sie halb durchgedreht sind. Wenn Sie psychologische Hilfe brauchen?"

„Nein, vielen Dank, es geht schon."

„Sie brauchen sich deswegen wirklich nicht zu schämen, wir haben da Spezialisten."

Als Rainer jedoch stumm den Kopf schüttelte, ging der Beamte zu seinem Fahrzeug, gab über Funk einen Lagebericht an die Zentrale, forderte die Kripo zur Spurensicherung und einen Leichenwagen an. Wie durch Nebel vernahm Rainer die Worte und erschrak sichtlich, als ihn der Polizist, wieder bei ihm stehend, ansprach.

„Wir bringen Sie jetzt wieder zur Waldschänke und warten dort auf das Eintreffen der Spurensicherung und des Leichenwagens."

Während sie zurückfuhren, wandte er sich noch einmal an Rainer.

„Übrigens, Sie sind doch Fachmann. Von was wurde die junge Frau Ihrer Meinung nach getötet? Es kann doch nur ein großes Raubtier gewesen sein."

„Es war ein Wolf."

Ungläubig fragte der Beamte nach. „Ein Wolf? Sind Sie sich da sicher?"

„Ja! Hundertprozentig! Ich habe seine Fährte gesehen. Es muss ein außergewöhnlich großes Exemplar sein, und das

Schlimmste ist, ... er hat offensichtlich seine Scheu vor den Menschen verloren."

Als Rainer seinen Wagen bestieg, sah er, dass es schon nach 16 Uhr war. Gewöhnlich traf er sich um diese Zeit mit seinen Waldarbeitern in der „Holzerhütte", einem wohnlich eingerichtetem Bauwagen mitten im Forst, um mit ihnen die laufenden Fäll Arbeiten zu besprechen. Hier war er eigentlich jeden Tag gegen Dienstschluss anzutreffen. Aber in dieser Woche arbeiteten seine Leute in einer weit entfernten Waldabteilung, von wo aus sie direkt nach Hause fuhren.

Er fühlte plötzlich eine zerrende Sehnsucht nach Rita, seiner geliebten Frau, nach den beiden Kindern Tina und Bastian, und nach seinem Heim, ein direkt am Wald gelegenes altes Forsthaus, in dem sie sich glücklich und geborgen fühlen. Was sollte jetzt nur werden?
Als er in die Einfahrt einbog, schob er seine Sorgen beiseite. Er wollte den Rest des Tages mit seiner Familie verbringen und auf der Terrasse die letzten Sonnenstrahlen des Tages genießen.

Irgendwie kam es ihm seltsam vor, dass die Kinder nicht angerannt kamen, um ihn wie üblich mit Gejohle zu begrüßen. Er wollte eben die Haustüre aufschließen, als seine Frau von innen öffnete und ihn fragend anblickte.

„Wo sind die Kinder? Hast du sie nicht im Auto mitgenommen?"

„Was soll das heißen? Willst du etwa sagen,....dass Tina und Basti ...?"

Eine schreckliche Ahnung stieg in ihm auf und er hörte seine Frau nur noch wie aus weiter Ferne, da ihn ein heftiger Schwindel befiel.

„Sie sind doch mit den Fahrrädern zur Holzerhütte gefahren, um dich abzuholen."

Der Weg vom Forsthaus zur Holzerhütte war auch für Kinder leicht zu merken. Trotzdem kam sich Tina mit ihren acht Jahren mächtig stolz vor, wenn sie die Strecke alleine befahren durfte und dabei noch die Aufsicht über ihren zwei Jahre jüngeren Bruder innehatte.

Vom Forsthaus führte eine Kiesstraße einen knappen Kilometer schnurgerade durch den Wald bis zu der Kreuzung mit den vier Linden. Hier mussten sie rechts abbiegen, dann waren es nur noch dreihundert Meter bis zur Hütte. Als Tina das erste Mal die Strecke alleine befahren durfte, hatte ihr Rainer am Tag vorher auf die rechte Seite der Lenkstange mit dem Filzschreiber ein Kreuz gemalt, damit sie wusste, wo beim Abbiegen rechts ist. In ihrer Freude, die Strecke alleine bewältigt zu haben, bestand sie darauf, auch wieder alleine nach Hause zu fahren. Dabei bedachte sie nicht, dass sie bei den vier Linden auf dem

Heimweg nun links abbiegen müsste und bog wieder rechts ab, wie auf dem Lenker angezeichnet war. Gottseidank kam ihr bald einer der Holzhauer entgegen, hielt sie an und zeigte ihr den richtigen Weg.

Heute war Tina in Hochstimmung. Sie hatte von ihrer Lehrerin für die gute Hausaufgabe drei Sternchen ins Heft gemalt bekommen, was einem besonderen Lob gleichkam und sich zuhause immer mit der Genehmigung für einen Extrawunsch verbinden ließ. Und dieser war heute eben, dass sie und „Basti" ihren Papa, den sie über alles liebten, mit ihrem Besuch überraschen wollten.
Gerne erlaubte es ihre Mutter ja nicht, wenn Rainer nicht Bescheid wusste, aber so war es halt wirklich eine Überraschung und Tina hatte ihr versprochen, sofort wieder heimzufahren, wenn Ihr Papa nicht dort war.

Bastian quietschte vor Freude über den Ausflug mit seiner Schwester. Immer wieder betätigte er übermütig und ausdauernd seine Gummiballhupe, welche ihm sein Vater an die Lenkstange geschraubt hatte und schrie dazu so laut er konnte: „Tatü-Tata—Tatü-Tata."

Tina schwankte, ob sie es ihm verbieten sollte, denn eigentlich hatte ihr Vater ihnen beigebracht, im Wald immer vollkommen still zu sein, um die Tiere nicht unnötig zu erschrecken. Aber heute war sie selbst in Hochstimmung und wollte außerdem ihrem kleinen Bruder die Freude nicht verderben.

Als sie bei den vier Linden rechts abbogen, bemerkte Tina das erste Mal, dass ihnen irgendetwas folgte. Es war nur ein flüchtiger Schatten, den sie wahrnahm, aber von da an ließ sie ihren Blick nicht mehr von den, die Straße säumenden Gehölzen und nach einer Weile wurde ihr Verdacht zur Gewissheit, dass etwas nicht stimmte.

Er war immer nur schemenhaft zwischen den Stämmen zu erkennen, aber er folgte ihnen und blieb nur etwas zurück, wenn Bastian wieder besonderen Lärm veranstaltete.

Tina war kein ängstliches Kind, vor allem nicht im Wald, in dem sie mit ihrem Vater schon so viele glückliche Stunden zugebracht hatte. Aber jetzt war sie alleine und fühlte sich trotz ihrer acht Jahre für den kleinen Bruder verantwortlich. Obwohl sie den Schatten, welcher ihr mittlerweile quälende Furcht einflößte, nicht mehr aus den Augen ließ, schweifte ihr Blick immer wieder kurz Richtung Holzerhütte, zu der es jetzt höchstens noch hundert Meter waren. Wenn ihr Vater im Bauwagen wäre, müsste sie längst seinen Wagen sehen. Aber je näher sie kamen, desto gewisser wurde, dass niemand dort war.

Sie lehnten ihre Fahrräder an den Bauwagen und Tina pochte vergebens an die Türe. Sie überlegte fieberhaft, was sie tun könnte, denn zurückfahren würden sie auf keinen Fall. Während sie verzweifelt nachdachte, beobachtete Tina den umliegenden Wald und erstarrte.

Dort, vielleicht fünfzig Meter entfernt, stand im Halbschatten einer Buche ein riesiger grauer Wolf, welcher den Blick starr auf sie gerichtet hatte.

Tina war im Moment unfähig, einen klaren Gedanken zu fassen, da riss sie ihr kleiner Bruder aus ihrer Starre.
„Tina, ich muss mal." Damit rannte er auch schon los, genau in die Richtung auf dieses furchterregende Raubtier zu.
Tina schrie, wie noch nie in ihrem Leben.
„BASTI....BLEIB HIER.....KOMM SOFORT ZURÜCK"!

Rainer musste sich am Türrahmen festhalten, um nicht zu stürzen. In seinem Kopf drehte sich alles und die Knie drohten ihm weich zu werden. Er kämpfte mit seiner letzten Energie und mit aller Willenskraft gegen den Schwächeanfall und in seinem Kopf begannen sich langsam wieder klare Gedanken zu formen. Seine Beine waren jedoch immer noch wie Blei und wollten ihm kaum gehorchen. Wie ein Betrunkener torkelte er zu seinem Auto und raste mit durchdrehenden Rädern davon.

Erschrocken blieb Bastian stehen und sah zu seiner Schwester zurück. So aufgeregt hatte er sie noch nie erlebt. Ihre Stimme zitterte und überschlug sich, weshalb er, ausnahmsweise, zögernd gehorchte.

Langsam setzte sich der Wolf in Bewegung. Tina schlug verzweifelt mehrmals auf den Gummiball von Bastians Hupe, da verharrte er wieder. Jetzt fiel Tina plötzlich ein, dass ihr der Vater einmal erzählt hatte, dass der Schlüssel zum Bauwagen unter der Treppe in einem Bretterspalt versteckt ist.

„Basti, bitte, hupe, so laut du kannst und nicht aufhören."

Freudig kam der Junge dem lustigen Wunsch seiner Schwester nach und bearbeitete den Gummiball so fest er konnte, während Tina fieberhaft den Schlüssel suchte. Sie hätte vor Freude aufschreien können, als sie ihn entdeckte und mit zitternden Händen aus dem Versteck zog. Aber vor Aufregung entglitt ihr der kleine Schlüssel nochmals. Hastig kroch Tina unter die Treppe, wühlte in dem moosigen Boden und bekam ihn auch gleich zu fassen. Mit einem Satz sprang sie auf die Treppe und schloss erlöst die Türe auf. Gleichzeitig wurde ihr bewusst, dass Basti`s Gehupe verstummt war.

Schnell sprang Tina von der Treppe und sah Basti mit ängstlichem Gesicht den Wolf anstarren, welcher jetzt nur noch wenige Meter entfernt war. Mit einem erstickten Aufschrei packte sie ihren kleinen Bruder am Arm, riss ihn mit sich in den Bauwagen hinein, schlug die Türe hinter sich zu und verriegelte diese.

Dann hielten sie sich eng umschlungen und lauschten ängstlich nach draußen.

Rainer raste mit solchem Tempo die Waldstraße entlang, dass er an der Kreuzung beim Abbremsen ins Schleudern geriet und mit dem Heck an einen am Wegesrand stehenden Holzstapel krachte. Kaum hatte er den Wagen wieder unter Kontrolle, beschleunigte er wieder voll und sah im selben Moment zu seinem Entsetzen den Wolf, der auf den Hinterläufen stehend versuchte, am Bauwagen die Außenbretter wegzureißen.

„TINA-BASTI"!

Rainer registrierte nicht, wie er voller Verzweiflung die Namen seiner Kinder brüllte. Er sah nur diesen Wolf, der ihn jetzt ebenfalls bemerkt hatte und über die Straße zurück in den schützenden Wald flüchten wollte. Rainer trat das Gaspedal voll durch, seine Hände umkrallten das Lenkrad, dass die Knöchel weiß hervortraten. Er zog soweit er konnte nach links und spürte im nächsten Moment einen Aufprall, da er den Wolf gerade noch, aber leider bloß ziemlich weit hinten erfasst hatte.

Dieser überschlug sich seitlich und flüchtete, einen Hinterlauf nachschleppend, in ein dichtes Gebüsch.

Wie von Sinnen rannte Rainer zu dem Bauwagen, die Fahrräder seiner Kinder lehnten daran, doch weit und breit keine Spur von den Kindern. Rainer wankte zurück zu seinem Auto, ein heftiges Schluchzen überkam ihn, er lehnte an dem Wagendach und war wie taub vor Schmerz zu keiner Handlung mehr fähig.

Doch eine Weile später hörte er plötzlich wie durch dichten Nebel die Stimmen seiner Kinder, fühlte jedoch gleichzeitig eine entsetzliche Angst, dass alles bloß ein Hirngespinst sein könnte. Erst als er die Umarmungen von Tina und Bastian an seinem Körper spürte, wagte er endlich die Augen zu öffnen und an die Wirklichkeit zu glauben.

„Tina-Basti"! Er drückte die beiden an sich, als wolle er sie nie wieder loslassen.

„Warum weinst du denn, Papi? Hast du Angst gehabt vor dem Wolf?", fragte Tina und streichelte ihm dabei liebevoll über die Haare.

„Du brauchst dich dafür nicht zu schämen, wir hatten ja auch schreckliche Angst vor ihm."

Rainer konnte über seine altkluge Tochter sogar schon wieder lächeln.

"Um euch hab ich Angst gehabt, meine kleine Maus. Jetzt verrate mir bitte noch, wo ihr euch versteckt habt, der Bauwagen ist doch verschlossen."

„Wir waren aber doch drin, Papa. Du hast mir doch einmal verraten, dass der Schlüssel unter der Treppe verborgen ist, und da hab ich ihn auch gefunden, aber gerade noch rechtzeitig. Der Wolf hat uns fast den ganzen Weg verfolgt und bis ich endlich den Schlüssel gefunden habe war er schon ganz nah. Ich kann dir gar nicht sagen, wie ich mich gefürchtet habe."

„Oh du meine kluge, große Tochter."

Er drückte Tina in aufwallender Freude erneut an sich, so dass Basti energisch protestierte.

„Ich war auch ganz tapfer, Papi."

„Aber natürlich Basti, das weiß ich doch. Und jetzt lasst uns nach Hause fahren. Die Mama macht sich sicher schon große Sorgen."

Tom erwachte wie gerädert, starrte reglos an die Decke und wusste sich nicht zurechtzufinden. Eine dumpfe Willenlosigkeit lähmte ihn. Stück für Stück versuchte er, Erinnerungsfetzen aneinander zu reihen und zu ordnen. Dabei hatte er ständig so ein seltsames Gefühl, als ob sein Körper und seine Gedanken nicht mehr zueinander gehörten. Sein Bewusstsein zerrte und zog wie der Sog eines Strudels und wollte ihm ständig entgleiten. Irgendwie war alles so unwirklich, so dass er nicht mit Bestimmtheit sagen konnte, ob er wach war oder sich in einem Traum befand.

Nur bei dem Gedanken an Linda zuckten kurz schmerzliche Gefühle in ihm hoch, um sogleich wieder in leere, stumpfe Lethargie abzugleiten.

Tom versuchte mit aller Macht, gegen diese bleierne Willenlosigkeit anzukämpfen und sich zu konzentrieren.

Was ist denn bloß los mit mir?

Was ist passiert?

Wo bin ich überhaupt?

Zum Teufel, was ist denn bloß los mit mir?

Er versuchte, an den kurzen Schmerz in seiner Brust, wenn er an Linda dachte, anzuknüpfen und eine Erklärung für seinen Zustand zu bekommen.

Eine Weile schloss er die Augen, um in sich zu forschen. Als er sie wieder öffnete, registrierte er aus den Augenwinkeln die Infusionsflasche, sah endlich auch den Schlauch, der zur Nadel in seiner Armbeuge führte und bemerkte plötzlich im Hintergrund die vergitterten Fenster.

Als er sich erschrocken aufrichten wollte, spürte er letztendlich die Gurte, welche ihn im Bett fixierten.

Eine Aufwallung von Panik ergriff ihn. Er riss mit aller Gewalt an den Riemen, sank jedoch im nächsten Moment apathisch zurück und verfiel abermals in willenlose Ergebenheit.

Stunden lag er so, bemerkte nicht die lautlosen Kontrollen des Personals und erwachte erst mitten in der Nacht aus seiner Lethargie, als ein Pfleger die Infusionsflasche wechseln wollte.

In einem Anflug von Panik schrie und tobte er, riss an seiner Fesselung und brüllte den jungen Mann an, ihn sofort loszubinden.

Dieser drückte sofort einen Alarmknopf, worauf nach wenigen Sekunden zwei weitere Pfleger und ein Arzt ins Zimmer stürmten.

„Der „Herr" macht Zicken", klärte er die Verstärkung auf. Am besten, ihr schickt ihn nochmal für einige Zeit zum Schäfchen zählen."

Tom sah, wie der Arzt eine Spritze aufzog und begann erneut zu toben. Doch da hatten ihn die beiden Pfleger schon fest im Griff und der Arzt schob ihm die Nadel in die Armbeuge. Im selben Moment schwanden ihm die Sinne und er sank willenlos ins Kissen zurück.

Rainers Frau war verständig genug, nicht weiter in ihn zu dringen, als ihr Mann mit den Kindern nach Hause kam, und auf ihre Frage nach dem Geschehenen, nur mit einem knappen „Später" abwiegelte. Die Kleinen sprudelten alles Mögliche wirre Zeug von einem Wolf und ihrer Flucht in die Holzerhütte daher. Rainer dagegen schien deprimiert und glücklich zugleich, dass seinen Kindern nichts passiert war.

Noch nie, seit sie sich kannten, hatte Rita ihn so aufgewühlt erlebt. Immer wieder zog er eines seiner Kinder an sich und liebkoste es in einer Aufwallung von Liebe und Zuneigung, bis das andere energisch protestierte und auch „abgeknutscht" werden wollte.

Als Tina plötzlich einfiel, dass sie ihre Fahrräder am Bauwagen vergessen hatten, winkte Rainer nur müde ab. Lass nur, mein Liebling, die holen wir ein andermal. Als jedoch beide Kinder quengelten, die Räder noch heute zu holen, lehnte er entschieden ab.

„Morgen. Basta. Und jetzt ab in die Heia, ihr Rasselbande."

Während ihr Mann die Kinder zu Bett brachte und sie mit einer „Gute Nacht Geschichte" ruhig stellte, bereitete Rita im Wohnzimmer alles für einen gemütlichen Abend vor. Sie würde ihn nicht drängen zu erzählen. Sie wollte ihm nur ihr gemeinsames Zuhause so gemütlich und behaglich, wie sie es beide liebten, vorbereiten.

Als Rainer zurückkam, brannte im Kaminofen bereits ein hellloderndes Feuer, dass die Scheite nur so knackten, denn die Abende waren für die Jahreszeit schon ungewöhnlich kühl. Auf dem kleinen Beistelltisch neben dem Sofa standen zwei Gläser bereit, eine Flasche Rotwein wartete nur darauf, entkorkt zu werden. Da ihr Mann diesen „feierlichen Akt", wie er es nannte, immer selbst übernahm, hatte sie nur den Korkenzieher bereitgelegt.
Rainer musste trotz seiner inneren Aufgewühltheit lächeln, als er sah, wie liebevoll seine Frau wieder alles vorbereitet hatte.
„Das Entkorken hättest du mir heute nicht unbedingt sparen müssen, mir ist nicht nach Zelebrieren und einer Feier zumute."

„Aber ich habe etwas zu feiern", antwortete Rita ernst und bestimmt. „Ich habe dich und die Kinder wieder gesund bei mir, und darauf will ich jetzt mit dir anstoßen, auch wenn heute offensichtlich Schreckliches geschehen ist."

Wenig später funkelte der rote Wein in den Gläsern, sie lehnten bequem aneinander gekuschelt im Eck des Sofas und schauten in die Flammen hinter der Glasscheibe des Ofens.

Nach einer Weile des Schweigens, begann Rainer allmählich zu berichten. Langsam, immer nach den schonendsten Worten suchend, erzählte er seiner Frau von dem schrecklichen Erlebnis mit dem toten Mädchen und der Todesgefahr, in welcher Tina und Basti sich befanden. Allein dem Umstand, dass der Wolf nicht hungrig war, hatten sie das Leben der Kinder zu verdanken.

Lange schwiegen sie, nur das Zählwerk der großen Standuhr durchdrang die Stille. Schließlich brachte Rita das Gespräch wieder behutsam in Gang.

„Das ist alles so furchtbar, ich kann das noch gar nicht verarbeiten."

„Was glaubst du, wie es in mir aussieht, ich fürchte, ich werde heute Nacht kein Auge zu tun."

„Und wie geht es jetzt weiter? Ich meine, irgendetwas muss doch passieren."

„Ich weiß es nicht. Ich muss morgen früh ohnehin auf die Wache, dann erzähle ich die Sache mit den Kindern. Am besten wäre es, den ganzen Forst zu sperren, solange dieser Wolf am Leben ist. Die Kinder lassen wir jedenfalls keinen Schritt mehr alleine in den Wald."

Die Männer der Spurensicherung waren einiges gewöhnt. Aber der grausam entstellte Leichnam, dazu dieses, noch im Tode so wunderschöne Antlitz des Mädchens, brachte auch sie an die Grenze der Belastbarkeit. Fassungslos starrten sie auf das verstümmelte tote Mädchen und konnten sich das hier Geschehene nicht erklären.

Der jüngste ihrer Truppe begann plötzlich zu wanken, umklammerte gerade noch den nächsten Baum und musste sich wieder und wieder übergeben. Danach begann er hemmungslos zu schluchzen und wusste sich nicht mehr unter Kontrolle zu bringen. Zwei Kollegen hakten den jungen Beamten schließlich unter und führten ihn zum Wagen, was er willig mit sich geschehen ließ.

Mit einem angeforderten Fährtenhund schafften sie es, mit hoher Wahrscheinlichkeit den „Tötungsort" zu bestimmen, wobei sie einige Dutzend Meter weiter an den Platz kamen, auf welchem sich das Pärchen zum letzten Mal in ihrem jungen Leben geliebt hatte. Hier fanden die Männer auch Tom`s Geldbörse und die Autoschlüssel, welche ihm beim ungestümen Entkleiden offensichtlich aus der Hosentasche gefallen waren.

Als der Hund sie dann auf Tom´s Fluchtspur weiter bis an den Parkplatz führte, begann sich der Ablauf des Dramas langsam abzuzeichnen.

Der Rest war Routine. Nach Rücksprache mit den Kollegen vom Streifendienst und der Rettungswache, vervollständigte sich das Bild.

Das Liebespaar war offensichtlich zum Austausch von Zärtlichkeiten in den Wald gegangen und wurde auf dem Rückweg von dem Raubtier angegriffen. Die gefundenen Schlüssel passten zu dem verlassenen Wagen auf dem Parkplatz, im Handschuhfach fanden sich die Ausweise der Beiden. Soweit schien alles geklärt.

Nur diese Bestie, dieser Menschen tötende Wolf war allen ein Rätsel.

Die restliche Nacht war Tom´s Bewusstsein ausgelöscht. Erst gegen den Morgen zu begannen seine Gedanken im Halbschlaf wieder klarere Formen anzunehmen. Wie ein Film, der mit verschwommenen Bildern beginnt, die langsam klar werden, sah er Szenen aus seinem Leben vorüberziehen.

Von seiner Kindheit in Not und Armut, den Streitereien seiner ständig betrunkenen Eltern und dem hilflosen, bitteren Weinen seiner Mutter, wenn ihr manchmal in halbwegs nüchternen und lichten Momenten das ganze Elend bewusst wurde.

Er konnte sich nicht erinnern, dass ihn sein Vater jemals in den Arm genommen hätte. Es fehlte an Allem. Nie konnte er sich richtig satt essen. Von den anderen Kindern wurde er wegen seiner ärmlichen Kleidung ständig ausgelacht und wenn er zuhause nicht hundertprozentig spurte, gab es Prügel und nochmals Prügel.

Am letzten Abend in seinem Elternhaus hatte er, mit seinen fünf Jahren es gewagt, sich gegen seinen Vater zu stellen, als dieser im Vollrausch wie von Sinnen auf seine schluchzende Mutter einschlug. Hätten die Nachbarn damals nicht die Polizei gerufen, wäre er vermutlich vom eigenen Vater erschlagen worden.

Die folgenden Wochen im Krankenhaus waren die bis dahin schönste Zeit seines Lebens. Die Krankenschwestern umsorgten und verwöhnten ihn, als wäre er ihr leibliches Kind. Sie gaben sich alle Mühe, ihn die Leiden in seinem Elternhaus vergessen zu machen. Als sein kleiner, geschundener Körper schließlich genesen war, zerstörte ein richterlicher Beschluss dieses kurze Glück.

Tom kam in ein Heim. Eine neue Odyssee nahm ihren Anfang.

Kinder sind grausam. Als der Jüngste in seiner Gruppe, bekam er die Bosheiten der anderen, meist auch traumatisierten Kinder, von Anfang an voll zu spüren. Es gab auch vom Betreuungspersonal keine freundlichen Worte oder gar menschliche Wärme.
Nach wenigen Wochen nützte er die erste Gelegenheit, um die Flucht zu ergreifen. Als er alleine durch die Straßen der großen Stadt irrte, kam ihm der Gedanke, Zuflucht im Krankenhaus zu suchen, wo er von allen Seiten nur Liebe und Zuwendung erfahren hatte.

Nach Hause konnte und wollte er nie mehr. Aber dort im Krankenhaus waren alle so nett zu ihm, sie würden ihn sicher wieder aufnehmen.

Tom hätte schreien können vor Freude, als er an einer großen Kreuzung ein Richtungsschild zum Krankenhaus sah. Endlos schienen die Straßen, aber die Freude, bald wieder in der liebenden Obhut der Schwestern zu sein, ließen ihn tapfer dahinmarschieren. Ein Wolkenbruch durchnässte ihn bis auf die Haut, aber seine Augen leuchteten, als er endlich vor dem Riesenbau stand und sich dann zu seiner Station durchfragte.

Mit einem Aufschrei ließ die Krankenschwester ein Tablett mit Medikamenten fallen und stürzte sich dann auf den kleinen Kerl, als sie ihn im End´s langen Stationsflur daher tippeln sah.

Ein tropfnasses Häufchen Elend.

Sie wusste sofort Bescheid, denn der „Fahndungsaufruf" war längst auch im Krankenhaus eingegangen.

Sie schloss ihn in die Arme und rief ihre Kolleginnen. Gemeinsam „legten sie ihn trocken", gaben ihm zu essen, verhätschelten und liebkosten ihn, um ihn anschließend in ein freies Bett zu stecken, wo er sogleich glückselig in tiefen Schlaf fiel.

Aber dieses Glück war nur von kurzer Dauer. Schweren Herzens meldete die Stationsschwester die Ankunft des Jungen weiter und als er am nächsten Tag wieder abgeholt wurde, flossen bittere Tränen auf beiden Seiten.

Wieder im Heim fügte sich Tom endgültig in sein Schicksal. Dreizehn Jahre blieb er dort. Dreizehn lange Jahre, die ihn still und verschlossen machten. Als er Zwölf war, eröffnete ihm die Heimleitung, dass seine Eltern gestorben waren. Beide, innerhalb weniger Tage, in einer Entzugsanstalt. Er fühlte bei dieser Nachricht weder Trauer noch Schmerz. Weshalb auch.

Dem Heim war ein Ausbildungsbetrieb angegliedert, wo sich Tom zum Kfz-Mechaniker ausbilden ließ und erstmals etwas Geld verdiente, das er eisern sparte. Als er sich schließlich zu seinem Achtzehnten Geburtstag eine uralte Klapperkiste kaufte und auf Vermittlung der Heimleitung eine Anstellung in einer Werkstatt außerhalb des Heim´s bekam, konnte er langsam damit beginnen, sich eine eigene, bescheidene Existenz aufzubauen.

Es war ein lauer Mai Abend, als ihm während eines kurzen, aber heftigen Gewitters sein Wagen auf einer Landstraße stehenblieb. Der Motor hatte in einer großen Pfütze Wasser angesaugt und würde so schnell nicht mehr zum Laufen kommen. Missmutig klappte Tom die Motorhaube wieder zu und verwünschte die alte Karre.

Und da kam Linda.

Sie stoppte von sich aus und bot ihm ihre Hilfe an.
„Hast du eine Panne? Soll ich dich ein Stück mitnehmen?"

Er war von dem Angebot so überrascht, dass er nur unbeholfen herumstotterte.

„Aber… ich mach dir doch deinen Sitz ganz nass." Und als er sie ungläubig anstarrte, als sie von innen die Beifahrertüre aufstieß, lernte er gleich ihre freche Klappe kennen.

„Nun schau nicht wie ein Schaf, davon wirst du auch nicht trocken. Rein mit dir."

Als er schließlich neben ihr saß, war Tom so befangen, dass er kaum ein Wort herausbrachte. Immer wieder betrachtete er sie heimlich von der Seite und war wie betäubt von ihrer Schönheit, ihrer Natürlichkeit und ihrer überschäumenden Lebensfreude.

Alles an ihr war herrliche Jugend, war klar und rein. Als sie ihn zuhause absetzte, nahm Tom seinen ganzen Mut zusammen und lud Linda für den nächsten Abend zum Essen ein.

„Ich möchte mich nur für deine Hilfe bedanken", setzte er, wie zur Entschuldigung nach.

Ab diesem Tag begann für Tom das Leben.

Ab diesem Tag schien die Sonne endlich auch für ihn, den das Leben bis dahin nur gebeutelt hatte.

Es dauerte nicht lange, da waren Tom und Linda unzertrennlich.

„Linda" war sein erster Gedanke am Morgen, er dachte an sie während der Arbeit, er zerfloss vor Glück und Lust, wenn sie sich abends umarmten, und wenn sie wirklich eine

Nacht getrennt waren, hielt er sie im Traum eng umschlungen.

Lindas Haare im Sommerwind, ihre Spuren im Sand, ihre weiche Stimme an seinem Ohr, ihre zärtlichen Hände, die ihn behutsam kraulten und streichelten, wenn er aus seinem früheren, tristen Leben erzählte.
Nie hätte Tom geglaubt, dass er jemals einen Menschen so lieben könnte.

Die Geräusche der beginnenden Tagschicht drangen wie durch Watte zu ihm durch, er bemerkte, wie jemand die Zimmertüre behutsam öffnete und wieder zuzog, die Schleier seines Schlafes wollten sich verflüchtigen, doch er stemmte sich mit aller Kraft dagegen.

Noch einmal fiel er in tiefen Schlaf. Er träumte, Linda wäre bei ihm und hielt seine Hand, wie sie es so oft getan hatte, wenn sie auf dem Sofa lagen und Pläne für ihre gemeinsame Zukunft schmiedeten.
Als plötzlich ein heftiger Windstoß das gekippte Fenster zuwarf, war er mit einem Schlag hellwach.

Und im gleichen Augenblick stand das ganze gestrige Geschehen wieder klar vor seinen Augen. Sein unplanmäßiger Halt auf dem Parkplatz, sein Drängen, mit

Linda den Ausklang des herrlichen Sommertages mit dem Zauber ihrer jungen Liebe im nahen Wald zu beschließen.

Und dann, nach all dem unbeschreiblichen Glücks- und Liebestaumel das jähe Erkennen einer drohenden Gefahr.

Und schließlich ihre kopflose Flucht, Lindas entsetzlicher Schrei, ihr Hilferuf und seine Erkenntnis, dass er den liebsten Menschen, den er hatte, im Stich gelassen hatte.

Tom verdrängte diesen Gedanken mit aller Macht, sah jetzt wieder die Infusionsflasche neben seinem Bett, den Schlauch, der zu seiner Armbeuge führte und wusste nun plötzlich mit unbarmherziger Gewissheit, dass Linda tot war.

Diese Erkenntnis war so schrecklich und niederschmetternd, dass er einen Schmerz in der Brust fühlte, der ihm fast die Sinne raubte. Tom wusste nicht einmal, was eigentlich anschließend genau geschehen war und wie er überhaupt in dieses verdammte Bett kam, aber er wusste jetzt eines ganz sicher.

Linda ist tot, und er wollte ohne sie keine Stunde mehr leben.

Ohne, dass er es bemerkte, rannen ihm die Tränen über die Wangen. Seine Sinne registrierten das Kabel der Rufglocke und den Stahlbügel zum Hochziehen über dem Bett. Reflexartig wollte er nach dem Kabel greifen, doch die Lederriemen um seine Handgelenke verhinderten es.

In diesem Moment kam eine junge Praktikantin in sein Zimmer und trat zögernd an sein Bett.

„Warum weinen Sie denn? Kann ich ihnen irgendwie helfen?"

„Meine Arme schmerzen von den Gurten, könnten Sie mich nicht losbinden? Für eine Weile wenigstens."

Das Mädchen zögerte unsicher, aber der Junge tat ihr schrecklich Leid.

„Das darf ich eigentlich nicht."

Aber als sie in seine traurigen Augen blickte, brachte sie es nicht übers Herz, einfach wieder zu gehen. Behutsam begann sie, die Verschlüsse zu lösen.

Gerade, als das Mädchen mit dem rechten Arm fertig war, läutete ihr Stationshandy und sie lief schnell aus dem Zimmer. Rasch löste Tom die anderen Gurte und griff entschlossen nach dem Kabel.

Der nächste Tag begann für Rainer fast so chaotisch, wie der Gestrige abgelaufen war.

Die halbe Nacht wurde er von Albträumen geplagt, erwachte schließlich schweißgebadet und fand lange keinen Schlaf mehr. Erst im Morgengrauen dämmerte er wieder hinüber und war wie gerädert, als wenig später sein Wecker klingelte.

„Du siehst aus, als wäre dir eine Straßenwalze über das Gesicht gefahren", versuchte Rita ihn aufzuheitern.

„So fühle ich mich auch. Mein Schädel brummt, als ob ich ein Fass Wein gesoffen hätte, und zwar den billigsten Fusel."

„Jetzt raff dich auf und lass uns gemeinsam frühstücken, solange die zwei Quälgeister noch schlafen."

Bald duftete es in der Küche heimelig nach frischem Kaffee. Rainer hatte wenigstens in der Hausapotheke noch Kopfschmerztabletten gefunden, während Rita die ersten gerösteten Scheiben aus dem Toaster nahm und mit Butter und Honig bestrich. Nichts erinnerte an die Schrecken des gestrigen Tages.

Der so liebevoll gedeckte Frühstückstisch überdeckte eine Weile Rainers bedrückte Stimmung und ließ ihn sogar seinen geräderten Körper wegen der qualvollen Nacht vergessen.

Während dem Frühstücken hing jeder seinen Gedanken nach. Erst nach dem zweiten Kaffee, als Rainer genüsslich seinen Morgentabak in Brand setzte, unterbrach Rita die Stille.

„Was wirst du jetzt tun?"

Rainer sah nachdenklich auf den Rauch seiner Zigarette und zuckte ratlos mit den Schultern.

„Du gehst mir auf keinen Fall mehr alleine in den Wald, solange dieser Wolf am Leben ist. Du kannst doch nicht einfach deinen Dienst tun, als ob nichts gewesen wäre. Der Wolf kann dich doch genauso angreifen."

„Da mach ich mir weniger Sorgen. Wenn er in meine Nähe kommt, wird mir Asta das ganz sicher anzeigen. Dann würde ich ihn schon gebührend empfangen. Außerdem wird mir sicher keine Zeit für Reviergänge bleiben. Ich fürchte, dass es heute ziemlich stressig wird. Und abends ist wieder großer Bahnhof bei Gerd, wegen dem Erlebnispark."
In diesem Moment läutete das Telefon im Flur.
„Na wer sagt`s denn?"

Rainer wollte aufstehen, doch Rita drückte ihn behutsam, aber konsequent in seinen Stuhl zurück.
„Lass es läuten. Du rauchst erst mal in Ruhe fertig, dann ist der Tag immer noch lang genug."
Als das Telefon endlich verstummte, lächelte er sie an, rückte nahe zu ihr lehnte seinen Kopf sanft an ihre Wange.
„Gestern ist mir erst wieder so richtig bewusst geworden, was mir meine Familie bedeutet."
Dann schwieg er nachdenklich einen kurzen Moment und sah ihr dabei zärtlich in die Augen.
„Und wie sehr ich dich liebe."
Als ihn Rita in einer Aufwallung ihrer Gefühle stürmisch umarmte, läutete erneut das Telefon, gleichzeitig begann der Hund im Zwinger wütend zu bellen und die Kinder kamen lärmend die Treppe herunter.

Rainer zuckte entschuldigend mit den Schultern und gab Rita noch einen flüchtigen Kuss.
„Es nützt alles nichts, Liebling. Der Tag beginnt."

Am Telefon war einer der Polizeibeamten, welche Rainer zum Fundort der Toten geführt hatte, und teilte ihm die vorläufigen Ergebnisse der Spurensicherung mit.

„Das ist ja furchtbar", unterbrach ihn Rainer. „In der Psychiatrie, sagen Sie? Mein Gott, was muss denn der arme Kerl noch alles erleiden."

„Keine Sorge, wir veranlassen noch in den nächsten Stunden seine Verlegung in ein normales Krankenhaus. Könnten Sie vielleicht im Laufe des Vormittags bei mir vorbeikommen, damit wir das Protokoll aufnehmen?"

Rainer sagte zu, aber kaum, dass er den Hörer aufgelegt hatte, kam der nächste Anruf. Es war ein Reporter einer größeren Boulevardzeitung, welcher ihn sogleich in fast schon unhöflicher Weise für ein sofortiges Treffen bedrängte.

„Jetzt würde mich erst einmal brennend interessieren, wie Sie von dieser Sache erfahren haben", fragte Rainer gereizt.

„Man hat so seine Verbindungen. Also was ist? Ich bin in einer Stunde bei Ihnen, Sie erzählen mir die Story und bekommen von mir etliche „Kröten als ...."

„Stecken Sie sich ihre „dämlichen Kröten" an den Hut und lassen Sie mich gefälligst in Ruhe mit ihrer schamlosen Sensationsgier."

Rainer knallte den Hörer auf den Apparat, aber kaum, dass er sich weggedreht hatte, läutete es schon wieder. Wütend riss er den Hörer an sich und schrie:

"Ich habe Ihnen doch gesagt, Sie sollen mich in Ruhe lassen mit ihrer Neugier..."

„Nun mal langsam, Herr Schorer. Morgenstund hat Gold im Mund; ist heute wohl nicht Ihr Leitspruch, wenn Sie Ihren Bürgermeister in aller Frühe schon so anblaffen."

„Ach Sie sind es. Entschuldigen Sie vielmals, Herr Stubecke", stammelte Rainer verlegen. „Aber ich habe Sie mit jemanden verwechselt, das heißt, ich habe mit einem anderen Anrufer gerechnet. Sie müssen wissen, dass mich eben ein Reporter hartnäckig angegangen hat. Da kann einem schon mal der Gaul durchgehen."

„Ja natürlich, aber das ist ja auch ein Ding mit der Toten in Ihrem Wald. War denn die Leiche wirklich so schrecklich zugerichtet, wie die Leute behaupten?"

„Seien Sie mir nicht böse, Herr Bürgermeister, aber ich mag jetzt in aller Herrgottsfrühe wirklich nicht darüber reden. Außerdem ist heute Abend ohnehin die Bürgerversammlung, da werde ich alle über den neuesten Stand unterrichten."

„Den neuesten Stand? Heißt das etwa, dass noch etwas passiert ist?"

„Sagen wir besser, beinahe passiert wäre, und zwar meine eigenen Kinder. Ich darf gar nicht daran denken."

„Mein Gott, das ist ja furchtbar. Aber ...vielleicht finden Sie doch untertags einige freie Minuten, dass Sie bei mir reinschauen und mich vorab informieren. Das wäre mir schon sehr recht."

„Ich werde sehen, was sich machen lässt, aber versprechen kann ich es nicht. Ich fürchte, dass es heute ziemlich rund geht. Also, schönen Tag noch, Herr Stubecke."

Rainer schloss die Augen und legte seinen Kopf in den Nacken. Die Sensationsgier dieses Reporters bedrückte ihn und das Bild des toten Mädchens, welches nicht aus seinem Kopf weichen wollte, verstärkte seine Abneigung gegen solche Schmierfinken.
Die Stimmen seiner Kinder aus dem Esszimmer holten ihn in die Wirklichkeit zurück und er öffnete langsam die Augen. Da erst bemerkte er, dass Rita bei ihm stand.

„Komm rein. Ich habe dir noch einen Kaffee nachgegossen. Du kannst ihn gebrauchen."

Sie fasste ihn bei der Hand und wollte ihn mitziehen, Rainer aber hielt sie zurück und nahm sie zärtlich in die Arme.
„Bleib einen Moment. Ich möchte noch kurz deine Nähe fühlen und Kraft tanken."

Stumm hielt er sie eng umschlungen, genoss die zärtliche Umarmung und die Wärme ihres Körpers. Plötzlich flog mit einem Ruck die Türe vom Esszimmer auf, Tina und Basti marschierten streitend heraus, gleichzeitig läutete erneut das Telefon.

Rita ging mit den Kindern zurück ins Esszimmer, während Rainer den Hörer abnahm und erleichtert seinen Freund Gerd begrüßte.

„Ach du bist es, Gerd, endlich mal ein vernünftiger Mensch. Ich bekomme schon Zustände, wenn das Telefon klingelt."

„Wegen der schlimmen Geschichte von Gestern?"

„Du hast auch schon davon gehört?"

„Ja was denkst du denn, Rainer. Die Sache geht doch wie ein Lauffeuer umher und ein jeder bauscht noch etwas dazu. Das ist wirklich das Allerletzte, was ich jetzt gebrauchen kann. Glaubst du denn wirklich, dass das ein Wolf war, der das Mädchen getötet hat? Ich meine, bitte versteh mich nicht falsch, aber wenn das alles an die große Glocke kommt, ausgerechnet jetzt, können wir unseren Erlebnispark als Touristenmagnet vergessen... Bist du noch dran, Rainer?"

„Aber sicher, und ich verstehe auch deine Situation,..."

„Entschuldige Rainer, wenn ich dich unterbreche, aber ich fürchte, du machst dir keinen Begriff, wie schlimm es um meinen Betrieb steht. Ich hab dir das noch nie so offen gesagt, aber ich lebe seit bald einem Jahr von der Substanz. Wenn sich nicht bald etwas grundlegend ändert, wird mein ganzer Besitz versteigert."

Gerds Stimme wurde zusehends hysterisch.

„Die sitzen mir jetzt schon auf der Pelle, dass ich weder ein noch aus weiß. Aber das mach ich nicht mit, ich verspreche es dir. Eh ich zusehe, wie mein Betrieb vor die Hunde geht, nehme ich mir einen Strick."

Rainer war zutiefst erschrocken, wie verzweifelt sich Gerd in Rage geredet hatte. So aufgewühlt hatte er seinen Freund seit Kindertagen noch nie erlebt.

„Nun mach dich nicht selbst verrückt, Gerd. Du musst doch nicht immer gleich das Schlimmste denken. Irgendeine Lösung wird sich schon finden."

„Du hast leicht reden, Junge. Tu mir wenigstens den einen Gefallen, und sag heute Abend nicht mehr, als du unbedingt sagen musst. Willst du mir das versprechen?"

Rainer musste einige Male tief durchatmen, ehe er antworten konnte.

„Gerd, weißt du, was du da von mir verlangst?"

Ohne, dass es ihm bewusst wurde, schrie er fast in den Hörer.

„Dieser gottverdammte Wolf hätte gestern um ein Haar beinahe meine Kinder getötet. Ich kann doch nicht verschweigen, dass da draußen im Wald eine tödliche Gefahr lauert. Was ist, wenn noch etwas passiert? Was dann, Gerd? Willst du das auf deine Kappe nehmen?"

Der Stationsarzt der Psychiatrie begrüßte die beiden Polizisten mit Handschlag. „Entschuldigen Sie bitte, wenn Sie eine Weile warten mussten, aber ich war noch etwas verhindert. Also meine Herren, was kann ich für Sie tun?"

„Es geht um den Patienten, den der Notarzt vom Rettungsdienst gestern einweisen ließ", erwiderte der Ältere. „Das Krankheitsbild war für ihn völlig unklar, nachdem der Patient unter schwerstem Schock stand auf keine Fragen reagierte, musste man zwangsläufig von einem Suizidversuch ausgehen. Doch mittlerweile hat unsere Spurensicherung herausgefunden, dass er zweifelsfrei der Begleiter des jungen Mädchens war, welches gestern auf so schreckliche Weise im Tannberger Forst ums Leben kam."

„Ich habe davon gehört", unterbrach der Arzt. „War das wirklich ein Wolf? Unser Landkreissender berichtet seit gestern unaufhörlich von einem Mörderwolf."

„Wir sind noch unter den Ermittlungen, aber ...es deutet alles darauf hin. Sicher ist bislang nur, dass das Pärchen, also Ihr Patient und die Getötete, zusammen im Forst waren und das Mädchen dabei von einem Raubtier getötet wurde. Wie sich das alles abgespielt hat, wissen wir nicht genau, nur dass der junge Mann dann wie von Sinnen auf die Bundesstraße rannte, wo er auch beinahe überfahren wurde."

„Und dann landet der arme Kerl noch in der Psychiatrie", warf der jüngere Beamte ein.
„Mein Gott, wie kann ein Mensch nur so viel Pech haben."
Sichtlich bewegt schüttelte der Arzt den Kopf.
„Dann machen wir ihm wenigstens jetzt eine Freude"-der Arzt stutzte einen Moment- „das heißt ... soweit das unter den gegebenen Umständen überhaupt möglich ist. Bitte folgen Sie mir, meine Herren."

Die beiden Polizisten sahen sich vielsagend an, während sie hinter dem Arzt durch den weitverzweigten Bau marschierten. Obwohl sie durch ihren Dienst einiges gewohnt waren, verursachte die unwirkliche Stimmung in dem Gebäude bei ihnen ein beklemmendes Gefühl.
Die Geräuschkulisse reichte von unheimlichem Stöhnen über verrücktes Lachen bis hin zu hemmungslos, wahnsinnigem Geschrei, so dass sich der Jüngere unbewusst schüttelte, als sie endlich vor der gesicherten Türe standen.

Der Stationsarzt öffnete mit einem Spezialschlüssel, trat ein und erstarrte im selben Moment. Doch nur einen Sekundenbruchteil, dann stürzte er ans Bett, drückte den Alarmknopf, riss Tom in die Höhe und löste die Schlinge von seinem Hals. Im nächsten Moment stürzten schon einige Pfleger in den Raum.

„Notfallkoffer", rief er einen knappen Befehl, worauf sofort ein Pfleger davonrannte und kurz darauf mit dem Koffer wieder hereinstürmte. Die anderen waren mittlerweile voll mit der Reanimation beschäftigt. Nach fünf Minuten kräftigster Herzdruckmassage war nicht der geringste Erfolg erkennbar.

„Defibrillator", rief der Stationsarzt voller Panik, obwohl das bei der angezeigten Nulllinie am EKG eigentlich keinen Sinn machte, und als dieser angeschlossen war: „Vorsicht Schuss", worauf alle von Tom abließen. Mehrmals jagten sie Stromstöße durch Toms geschundenen Körper, dass dieser zitterte und zuckte, als ob er noch Leben in sich hätte.

„Stopp", angestrengt hörte der Arzt den Brustkorb mit dem Stethoskop ab.

„Leute, ich glaube, ich hör etwas, ganz schwach, aber..vielleicht täusche ich mich auch", setzte er nach, da ein Blick auf das EKG seine Hoffnung nicht bestätigte.

Seine Stimme zitterte vor Erregung, mit einem kurzen Nicken zu den Pflegern gab er den Befehl zum Weitermachen.

Nochmals gaben die bulligen Pfleger alles und pressten den Brustkorb mit schnellen, kräftigen Stößen, dass man meinte, sie würden sämtliche Rippen brechen. Zehn Minuten-

Fünfzehn Minuten. Allen Beteiligten rann der Schweiß in Strömen übers Gesicht. Nochmals jagten sie eine Serie von Stromstößen durch den leblosen Körper, es war alles umsonst. Nach neuerlichem Abhören ließ der Arzt das Stethoskop resignierend auf die Bettdecke fallen. Traurig warf er noch einen Blick auf das EKG, welches stumm blieb und nicht die geringste Herztätigkeit anzeigte.

„Abbruch.

Er ist tot. . .   Verdammt-Verdammt, wir waren so nah dran."
Niedergeschlagen schüttelte er den Kopf und wischte sich den Schweiß aus dem Gesicht.

Sein Blick wanderte zu den beiden Beamten, welche entsetzt und kreidebleich das Geschehen verfolgt hatten.
„ Tut mir Leid, meine Herren. Es wird wohl nichts mit der freudigen Nachricht."

Dann wandte er sich an die Pfleger. „Danke Jungs, ihr habt großartig gearbeitet, auch wenn es nichts mehr gebracht hat. Der Junge war einfach schon zu weit weg."
Er schwieg eine Weile und sah gedankenverloren auf Tom nieder.
„Wie konnte das nur passieren? Er war doch angegurtet. Irgendwer muss ihm die Gurte gelöst haben."

In diesem Moment betrat die Praktikantin das Zimmer, schaute erschrocken auf die Menschenansammlung und bemerkte dann den Toten im Bett.

Aus ihrem jungen, hübschen Gesicht wich schlagartig alle Farbe. Ihr Mund öffnete sich wie zu einem Schrei. Dann brach sie ohnmächtig zusammen.

Die Stimmung im Gasthof „Zur Alten Post" war am Kochen. Das Jahrhunderte alte Gebäude war frühere Poststation und stand unter Denkmalschutz. Unsummen hatte Gerd Schröter, der Besitzer, schon in den alten Familienbesitz investiert. Trotzdem stand der traditionsreiche Betrieb vor dem Aus. Die Sanierungs-und Sicherheitsauflagen für solch alte Gasthäuser wurden die letzten Jahre immer verrückter und kostspieliger.

Von den verbliebenen Bewohnern der kleinen Gemeinde allein konnte er schon lange nicht mehr über die Runden kommen, obwohl die meisten, schon aus Solidarität mit ihrem Gastwirt, ihre Feierlichkeiten immer bei ihm abhielten.

Deshalb war für ihn der Plan der Landesregierung, in den umliegenden Wälder einen Natur -und Erlebnispark zu errichten, der berühmte „rettende Strohhalm." Eine winzige Hoffnung, ihm und seiner Familie die Existenzgrundlage zu erhalten, an die er sich verzweifelt klammerte.

Heute war der Saal gerammelt voll. Die Bedienungen kamen kaum nach, die pausenlosen Wünsche der Gäste zu erfüllen. Die mit Spannung erwartete Kundgebung schien den Durst der Anwesenden immer mehr anzufachen.

Gerd stand schwitzend hinter der Schänke und wusste nur mit Mühe die angeforderten Krüge zu füllen. Am laufenden Band prasselten Bestellungen auf ihn ein, so dass er kaum Zeit fand, wenigstens die wichtigsten Gäste zu begrüßen. Nur ab und zu ein stummes Nicken, ein kurzer Wink oder ein paar freundliche Worte, wenn Bekannte im Schankbereich vorbeidrängten.
Eine gute Stunde ging dieser spannungsgeladene Trubel dahin. Einige ganz Durstige kippten im Stehen an der Schänke auf die Schnelle einige Bierchen, bevor sie sich dann mit frisch gefülltem Krug endlich auf ihre Plätze begaben.

An dem vordersten Tisch der Mittelreihe, welcher wie immer für die Honoratioren reserviert war, redete Bürgermeister Dieter Stubecke mit hochrotem Kopf erregt auf Pfarrer Bachus ein, welcher zwar mit Würde, aber dennoch mit gutem Zug, soeben sein drittes Bier geleert hatte und sogleich versuchte, während er sich noch dem Schaum vom Mund wischte, mit der Bedienung in Blickkontakt zu treten.

„Predigen macht anscheinend durstig, Herr Pfarrer, oder kommt der Schaum vor ihrem Mund etwa vom Ärger über die vielen Kirchenaustritte", rief jetzt vom Nebentisch Kuno Stolle, ein streitsüchtiger Hilfsarbeiter, welcher die Gelegenheit freudig wahrnahm, Bachus zu ärgern.

Durchaus nicht verlegen rief dieser mit dröhnender Stimme zurück: "Kümmere du dich um deinen Kram und kehr erst mal vor deiner Tür, da hast du Arbeit genug."
Dabei bedachte er ihn mit einem vernichtenden Blick, sodass Kuno vorerst eingeschüchtert den Kopf einsteckte und den Blicken des Geistlichen auswich.

Das liebten die Leute an ihrem Pfarrer, dass er immer Klartext redete und zudem den Freuden des Lebens durchaus nicht abgeneigt war, aber Quertreibern unverblümt die Meinung sagte.
Bachus wollte ihm eben noch zurufen, dass er über seinen Austritt sicher nicht unglücklich wäre, als Stubecke mit einer Glocke die Versammlung eröffnete.

Erst nach mehrmaligem „Bimmeln" ebbte der gewaltige Lärmpegel im Saal spürbar ab und die Anwesenden richteten ihre Blicke erwartungsvoll auf ihren Bürgermeister.

„Meine sehr verehrten Damen und Herren, hiermit eröffne ich die heutige Bürgerversammlung und begrüße alle Anwesenden ganz herzlich. In erster Linie geht es heute darum, den von der Landesregierung geplanten Natur-und Erlebnispark vorzustellen und näher zu erläutern. Wie ich aus dem zahlreichen Erscheinen schließe, brennt den Bürgern von Tannberg zu diesem Thema einiges unter den Nägeln, aber ich ..."

„Das kann man wohl sagen", rief jetzt Herr Kunze, einer der neu Zugezogenen einfach dazwischen.

Sigmar Schwesig, ein Kleinbauer, der nebenbei in der Zeche gearbeitet hatte und sich nun von seiner kleinen Landwirtschaft kaum noch fortzubringen wusste, schnellte wutentbrannt in die Höhe.
„Sie halten augenblicklich Ihre dämliche Fresse. Sie haben eigentlich hier überhaupt nichts verloren."

„Herr Schwesig, bitte", gebot ihm der Bürgermeister mäßigend Einhalt. „Wir können unseren Neubürgern den Besuch der Bürgerversammlung nicht verwehren, ob es uns schmeckt, oder nicht.
Und Sie, Herr Kunze, unterbrechen mich gefälligst nicht mehr, sonst muss ich Sie des Saales verweisen."

Während ein demonstrativ stürmischer Applaus aufbrandete, rief Peter Biebl, der Gemeindeschreiber zu Herrn Bachus: „Völlig neue Art der Nächstenliebe, was?"

Pfarrer Bachus grinste breit und nachsichtig. Dann nahm er genüsslich einen Schluck von seinem Bierchen.

Von der Rede Stubeckes empört, sprang jetzt Herr Tiede, ebenfalls ein Neubürger, welcher eine kleine Hofstelle um ein Spottgeld ergattert hatte, Herrn Kunze bei.
„Ich muss doch sehr bitten, Herr Bürgermeister. So können Sie mit ihren Bauern reden, aber nicht mit uns. Wir haben dasselbe Recht...“

Wütend wurde er vom Bürgermeister unterbrochen.
„Was wollt ihr denn“, schrie er jetzt aufs Äußerste erregt und mit hochrotem Kopf Herrn Tiede entgegen.

„Ihr habt doch bloß profitiert davon, dass unser Ort am Verrecken ist und ihr billige Häuser kaufen konntet. Wir Einheimischen aber kämpfen seit Jahren ums Überleben. Unser Marktplatz ist so gut wie tot. Wir hatten früher drei Bäcker, drei Metzger, fünf Krämerläden, einen Schuster, zwei Schmieden und und und...
Unser größter Arbeitgeber, die Zeche, hat vor Jahren dichtgemacht, dann auch noch das Kunstdüngerwerk, unsere Leute ziehen weg, müssen wegziehen, richtiger gesagt, weil sie hier kein Auskommen mehr haben. Wir haben hier in Tannberg bloß noch Arbeitslose, Pendler und etwas Landwirtschaft.“

„Und das wollen Sie ändern mit ein paar Touristen“, rief jetzt ein weiterer der Neubürger. „Dass ich nicht lache.“

„Dir wird das Lachen gleich vergehen, wenn ich dir dein loses Mundwerk stopfe“, brüllte Jochen Görcke, einer der pleitegegangenen Metzger wütend dazwischen, wurde aber vom Bürgermeister zurecht gewiesen.

„Bitte Jochen, das bringt doch nichts."

Doch die Beschwichtigungsversuche des Bürgermeisters gingen im Lärm unter, denn die ohnehin aufgeheizte Stimmung im Saal war während dem Wutausbruch von Görcke augenblicklich auf dessen Seite. Alles schrie aufgebracht durcheinander und die Ausfälle gegen die Neubürger, welche sich etwas abseits an einem von ihnen reservierten Tisch zusammengefunden hatten, nahmen bedrohliche Ausmaße an.

Nur der Autorität Stubeckes war es letztendlich zu verdanken, dass die Situation nicht eskalierte. Als sich der Aufruhr etwas gelegt hatte, rief er mit dröhnender Stimme in den Saal: „Ich habe diese Versammlung heute einberufen, weil ich alle Bürger über das geplante Projekt informieren wollte. Dass sich das Ganze gleich so aufgeschaukelt hat, zeigt mir umso mehr, wie sehr sich die Leute in unserem Ort eine Besserung der jetzigen Situation wünschen, und da lassen wir uns von ein paar Zugezogenen nicht in die Suppe spucken. Basta! Ich werde jedenfalls noch heute der Landesregierung Bescheid geben, dass wir den geplanten Erlebnispark begrüßen und volle Unterstützung zusichern."

Tosender Applaus zeigte ihm, dass er seinen Bürgern, also den alteingesessenen Tannbergern, aus der Seele gesprochen hatte.

Ehe Stubecke weitersprechen konnte, bat Görcke wie ein Schulkind mit erhobenem Finger hob ums Wort.

„Was gibt's denn, Jochen?"

„Ich denke, unser Staat ist selber klamm wie ein Landstreicher. Glaubst du nicht, dass die uns bloß etwas vorflunkern?"

„Keine Angst, Jochen. Wenn es um Naturschutz geht, zaubern die immer noch Geld aus dem Sack, dass dir schwarz wird vor Augen.
Du darfst mir schon glauben, mit diesem Projekt entstehen bei uns jede Menge neuer Arbeitsplätze. Wir brauchen sogenannte Rancher, die für die Sicherheit und Ordnung im Park sorgen, wir brauchen Leute für die Führungen, für das Instandhalten der Wege, für die Infostände und für die Ein- und Auslassstationen. Im Park selbst müssen Sanitäranlagen gebaut werden. Unser letzter und wunderschöner Gastronomiebetrieb, die Alte Post, kann durch den Touristenstrom wieder aufblühen und hat eine echte Zukunftsperspektive.
Das ist vielleicht die Rettung von Tannberg, meine lieben Mitbürger, und darauf wollen wir erst einmal anstoßen."

Ein erleichtertes Raunen und Gerede ging im Lärm der anstoßenden Krüge unter, während er den Anwesenden zuprostete und sich dann selber einen tiefen Zug gönnte, bevor er weiterredete.

„Jeder kann sich anschließend selbst überzeugen, was mit diesem gewaltigen Vorhaben auf uns zukommt. Wir haben vorab einen Riesenpacken Pläne und Prospekte vom Ministerium bekommen.

Frau Thiele vom Gemeindeamt sollte damit eigentlich längst hier sein. Ich verstehe überhaupt nicht, wo sie bleibt, sie ist doch sonst die Pünktlichkeit in Person."

Dabei sah er zum wiederholten Mal auf seine Uhr und auf die Eingangstüre.

Da erhob sich Fritz Wengler, dem der letzte von einst fünf Lebensmittelläden im Ort gehörte zu seiner vollen Größe und sah Stubecke erwartungsvoll an.

„Wollen sie etwas sagen, Herr Wengler?"

„Ich weiß nicht recht, Herr Bürgermeister, ich will nämlich keinem hier die Stimmung vermiesen. Tja,-- also--Ihre Ausführungen waren ja ganz vielversprechend und ich würde mir von Herzen wünschen, dass es so käme ..aber...was ist mit dem Wolf?

Ich fürchte, wenn das schrecklichen Unglück von Gestern bekannt wird, ist es vorbei mit dem Park und dem erhofften Touristenstrom."

Augenblicklich erfüllte nervöses Raunen und Tuscheln den Saal. Stubecke und Schröter sahen nervös zu Rainer, welcher sich bisher jeglichem Kommentar enthalten hatte und auch jetzt wie unbeteiligt ins Leere starrte.

Als er die Blicke auf sich fühlte, schaute er plötzlich auf und sah seinem Freund Gerd ruhig in die Augen.

Diesem wurde abwechselnd heiß und kalt und eine Anwandlung voll grenzenloser Wut ließ ihm die Hände zittern. Ausgerechnet jetzt, wo endlich ein Silberstreif am Horizont zu sehen war, wo endlich etwas Hoffnung aufkeimte, dass bessere Zeiten anbrachen, musste wieder etwas schieflaufen. Er dachte an die Freundschaft mit Rainer seit Kindertagen und er wusste, dass dieser keine Märchen in die Welt setzte. Aber er dachte auch an seine Familie, die er ernähren musste, an seinen Betrieb, der seit Generationen von der Familie Schröter geführt wurde und dass er seiner Frau und den Kindern gegenüber verpflichtet war, alles zu tun, dass es weiter ging.

Schwerfällig erhob er sich und wich dem Blick Rainers aus, als er sichtlich nervös zu sprechen begann.

„Also ich bin der Meinung, ich meine...wir müssen das ja nicht gleich an die große Glocke hängen, dass hier bei uns so ein Drecksvieh aufgetaucht..."

Weiter kam wer nicht.

Mit schrillem Gekreisch fiel ihm Jutta Bönisch, eine als extrem rechthaberisch und streitsüchtig bekannte

Naturschützerin ins Wort, welche sich schon eine ganze Weile unüberhörbar mit ihren Tischnachbarn gezankt hatte.

„Was erlauben Sie sich, ein so seltenes und edles Tier als Drecksvieh zu bezeichnen. Das ist doch unterste Schublade. Sie sollten sich was schämen."

„Wenn sich hier jemand schämen sollte, dann Sie mit Ihrem weltfremden und dummen Gequatsche. Haben Sie die Tote von Gestern schon wieder vergessen?", brüllte Jochen Görcke.

„Sie haben völlig Recht, ich muss mich wirklich schämen, aber nur für meine dummen Mitbürger", keifte Frau Bönisch zurück.

„Jetzt halten Sie aber mal die Luft an. So wird in meiner Gegenwart nicht miteinander umgegangen", fuhr Stubecke wütend dazwischen.

„Ist doch wahr. Das Unglück von Gestern kann ebenso ein...Hund...ja, ein tollwütiger Hund wird das gewesen sein. Ein Wolf macht so etwas jedenfalls nicht. Der Wolf weicht dem Menschen aus und wenn man trotzdem einmal mit einem zusammentrifft, muss man ihm eben mit Respekt begegnen."

„Und dann muss man sich mit Respekt von so einem, ich übernehme den passenden Ausdruck vom Gerd,

„Drecksvieh", umbringen lassen, oder wie? Mein Gott, was sind Sie blöd", rief Görcke außer sich vor Zorn.

Tosender Applaus ließ Frau Bönisch die Gesichtsfarbe wechseln. Als Sie sah, dass sich auch Stubecke, breit grinsend, zurücklehnte und nichts gegen Görckes Schmähungen zu unternehmen gedachte, war es vorbei mit ihrer Beherrschung. Mit einem vernichtenden Blick in die Runde rief sie verächtlich:
„Niederes Volk", und weiter zu Gerd: „Bei Ihnen habe ich die letzte Feier abgehalten."
Dann stürmte sie unter dem Gelächter der meisten Gäste hocherhobenen Hauptes aus dem Saal.

Pfarrer Bachus, welcher sich zur allgemeinen Belustigung schon eine Weile die Ohren zugehalten hatte, nickte befreit und nahm die Hände wieder herunter.
„Na endlich ist die Zanknudel draußen. Da wird einem ja das Bierchen sauer."
Damit griff er sich seinen Krug und rief seinen Tischgenossen zu: „Zum Wohl, meine Herrn. Auf dass Friede und Eintracht die Menschen heimsuche."

Nachdem wieder Ruhe eingekehrt war, richtete er das Wort an Rainer.
„Nun, Herr Förster, es wäre doch das Beste, wenn Sie uns die gestrigen Ereignisse quasi aus erster Hand berichten würden, damit wir endlich erfahren, was wirklich Sache ist."

Rainer starrte weiter vor sich hin, als ob er die Bitte von Bachus nicht gehört hätte. Doch dann erhob er sich zögernd und es wurde augenblicklich totenstill im Saal.

Er suchte den Blick seines Freundes Gerd. Zum ersten Mal fiel im auf, wie sehr sich dieser verändert hatte. Sein Gesicht war eingefallen und von Sorgenfalten zerfurcht. Tiefer Kummer sprach daraus, aber auch Hoffnung und eine stille Bitte, die er ihm aber trotz aller Zuneigung nicht erfüllen konnte.
Stockend, mühsam nach den richtigen Worten suchend, begann er zu berichten. Wie er zuerst auf die Wolfsfährte gestoßen war und schließlich den entsetzlich zugerichteten Leichnam fand.
Als er etwas schwieg, um sich neu zu sammeln, wagte Peter Biebl einen Einwand.

„Bei allem Respekt vor Ihrem Fachwissen, Herr Schorer, Sie können aber doch nicht hundertprozentig ausschließen, dass Sie sich in der Fährte geirrt haben. Ich bin zwar auf dem Gebiet ein Laie, aber ich könnte mir vorstellen, dass sich ein sehr großer Hund im Fährtenabdruck von einem Wolf nur wenig unterscheidet.“

„So Leid es mir tut, Herr Biebl, muss ich Sie enttäuschen. Es war ein Wolf. Und zwar ein außergewöhnlich großes und kräftiges Exemplar. Ich habe ihn noch am selben Tag gesehen.“

Rainer sah nachdenklich in die Runde, sah die Menschen, die gebannt an seinen Lippen hingen und Angst hatten, dass die zarte Hoffnungsflamme für ein Aufblühen von Tannberg, brutal im Keim erstickt wurde.

„Ich bin, nachdem ich die Polizei an den Fundort geführt habe, gleich nach Hause gefahren. Dort erfuhr ich zu meiner Bestürzung von meiner Frau, dass meine Kinder mich in der Holzerhütte, so nennen wir den Bauwagen bei den vier Linden, wo ich jeden Feierabend anzutreffen bin, abholen wollten. Ich bin wie ein Verrückter hin gefahren, und dort sah ich den Wolf. Meine Kinder hatten sich in die Hütte geflüchtet, und wie mir meine Tochter berichtete, wurden sie den ganzen Weg von ihm verfolgt.
Das Leben meiner Kinder habe ich nur dem Umstand zu verdanken, dass, verzeihen Sie mir die brutale Ausführung, dass der Wolf sich in der vergangenen Nacht an der Leiche des jungen Mädchens...vollgefressen hatte."

Ein entsetztes Raunen und Flüstern erfüllte den Raum. Rainer wartete, bis sich die Leute wieder beruhigten, bevor er weitersprach.

„Ich habe ihn mit eigenen Augen gesehen. Als ich die Hütte in Anblick bekam, versuchte er gerade, dort einzudringen. Als er mich bemerkte, wollte er flüchten. Ich habe Vollgas gegeben und ihn leider nur noch hinten erwischt."

„Dann besteht also Hoffnung, dass diese Bestie aus unserer Gegend verschwindet, wenn Sie ihn anständig gerammt haben?", wollte Bachus wissen.

„Schwer zu sagen, Herr Pfarrer. Die Möglichkeit besteht natürlich. Anderseits, der Tannberger Forst umfasst etwa 4000 Hektar, ein solches Rückzugsgebiet gibt es weit und breit nicht mehr."

Fritz Wengler erhob sich und blickte feixend in die Runde. „Ich bin dafür, dass wir beschließen, dass er ausgewandert ist."
Zu seinem Bedauern brachte diese witzig gemeinte Einlage nicht den erhofften Lacherfolg, lediglich Görcke knüpfte an seine Äußerung an.

„Der Fritz hat schon Recht. So Leid mir das Mädchen tut, sollten wir so wenig Aufhebens wie möglich von dieser Geschichte machen." Und nach einer kurzen Pause setzte er energisch nach: "Wir können diese verdammte Sache jetzt einfach nicht gebrauchen. Die Zukunft unserer ganzen Gegend steht auf dem Spiel."

Damit wandte er sich an Alex Scholz, den Besitzer des Lagerhauses. „Sag doch du auch mal was, du hast doch genauso zu leiden wie wir."

Alex suchte gequält nach den richtigen Worten. „Tja, auch wenn es vielleicht unvernünftig ist, sollten wir vertuschen, was geht. Es muss ja nicht zwingend noch einmal etwas passieren. Ich meine..."

Rainer schnitt ihm ärgerlich das Wort ab. „Ich meine, dass solche Überlegungen absoluter Quatsch sind. Es bringt doch nichts, wenn ihr euch selbst belügt. Wie wollt ihr denn solch ein Drama vertuschen? Es gibt doch jetzt im Landkreissender kein anderes Thema mehr und ihr vergesst wohl, dass sämtliche „Neu-Tannberger", allen voran die verrückte Frau Bönisch, alle Hebel in Bewegung setzen werden, dass die Sache möglichst flächendeckend publik wird. Darauf könnt ihr Gift nehmen."

Ein Raunen im Saal und hasserfüllte Blicke in Richtung der Zugezogenen bestätigten die allgemeine Zustimmung. Dann wandte sich Rainer wieder an den Lagerhausbesitzer. „Selbst wenn wir das alles außer Acht lassen. Mal ganz ehrlich, Alex. Würdest du deine Kinder zur Zeit zum Pilze suchen in den Wald schicken?"

Nachdem dieser die Antwort schuldig blieb, richtete Rainer den Blick auf den sichtlich erregten Wirt. Gerd wich dem Blick seines Freundes aus und machte sich erleichtert davon, als das Telefon an der Schänke klingelte.

In die entstandene Stille richtete Stubecke wieder das Wort an die Bürger. „Ich versteh einfach nicht, wo Frau Thiele mit den Prospekten bleibt. Die ist doch sonst immer Hundert Prozent verlässlich."

Da meldete sich Gerd Schröter, der eben den Hörer wieder aufgelegt hatte, ziemlich verstört zu Wort. „Herr Stubecke, Ihre Sekretärin, das heißt, deren Mann, Herr Thiele hat eben angerufen...

die Frau Thiele...sie ist...vom Joggen im Forst nicht wieder heimgekehrt...er hat soeben die Polizei angerufen."

Sabine Thiele war etwas außerhalb von Tannberg in einem kleinen Gehöft aufgewachsen. Schon als rotzfreche Göre verbrachte sie jeden freien Augenblick in der Natur, deshalb gab es für sie absolut nichts, wovor man sich fürchten musste.

Der Verlauf ihres Lebens war nicht sonderlich aufregend, wie sie es selbst gerne formulierte. Nach der Hauptschule begann sie eine Ausbildung zur Bürokauffrau und irgendwann gab sie dem Werben von Axel Thiele nach, mit dem sie schon die Schulbank gedrückt hatte. Dann kamen zwei Mädchen zur Welt, welche beide der Mutter aufs Haar gleichen. Aber Sabine war ein bodenständiges „Landei" und hatte sich nie etwas Außergewöhnliches vom Leben erwartet. Deshalb war sie mit ihrem Leben zufrieden, so wie es war.

Nach den zwei Geburten hatte sie erhebliche Mühe, ihre einst gertenschlanke Figur, auf die sie immer sehr stolz war, wieder zurück zu gewinnen. Deshalb absolvierte sie täglich ihren Pflichtlauf. Von ihrem Haus weg hinaus auf die Felder, in weitem Bogen hinab zur stillgelegten Mühle, von hier bog sie auf die „Alte Poststraße", welche durch den Tannberger Forst wieder Richtung Tannberg lief.

Sabine war heute mit ihrem Lauf nicht zufrieden. Ihr Mann war strikt dagegen, dass sie durch den Forst lief, nach der schrecklichen Geschichte von Gestern. Aber sie hatte ihren Willen durchgesetzt.
Wie immer.
Schließlich war sie noch nie ängstlich, und die Poststraße, welche sie durch den Forst führte, lief immer nahe der Feld-Waldgrenze. Man konnte die meiste Strecke hinaus auf die Felder sehen.
Aber die teils doch etwas heftige Auseinandersetzung mit Alex lag ihr im Magen. Sie fand die ganze Strecke nicht den richtigen Tritt und Rhythmus, der ihr sonst beim Laufen eine wohlige Entspannung brachte.

Als sie in den Forst einbog, waren ihre Nerven dann doch angespannter, als sie sich eingestehen wollte. Dem Unglück von Gestern hatte sie nur halben Glauben geschenkt.
Was die Leute, und dann erst noch die Presse draufpackt, weiß man ja. Das hatte sie auch ihrem Mann entgegengehalten.

Sabine blieb stehen, weil sich die Schnürsenkel eines Schuhes gelockert hatten. Als sie sich wieder aufrichtete und einen Moment verschnaufte, versteinerten sich plötzlich ihre Gesichtszüge.

Es war nichts zu hören oder zu erkennen, aber der Naturmensch in ihr fühlte, dass etwas nicht stimmte.

Einige Herzschläge lang schien der Wald wie gestorben. Absolute Stille.

Doch dann warnte ein Nusshäher aufgeregt und zeternd, vielleicht dreißig Schritte vor ihr in der Dickung, und zum ersten Mal in ihrem Leben beschlich sie unter dem Schutz der mächtigen und zottigen Fichtenwipfel, wo sie sich schon als Kind behütet und geborgen fühlte, so etwas wie eine aufkeimende, alles lähmende Furcht.

Den Blick in die Richtung des aufgeregten Nusshähers gerichtet, begann sie sich rückwärts auf die Felder zuzubewegen. Da entrang sich ihrer Kehle unbewusst ein verzweifelter, heißerer Schrei, denn aus dem Unterholz trat ein Wolf von einer Größe, wie Sabine es nie für möglich gehalten hätte und starrte sie an.

Er hatte einen Hinterlauf etwas angehoben, die zurückgezogenen Lefzen entblößten sein furchterregendes Gebiss und ein unheimliches, dunkles Knurren signalisierten unverkennbar seine hochgradige Erregung und einen bevorstehenden Angriff.

Eine panische, nie gekannte Angst durchfuhr wellenartig ihren Körper bis ins Gehirn, die Zähne schlugen ihr aufeinander und dennoch zwang sie sich mit aller Macht zu klaren Gedanken, um nach einer Rettung zu suchen.

Einige Meter vor ihr stand eine abgestorbene, dürre Buche, deren morsche Äste bis in Bodennähe reichten. Obwohl sich Sabine dabei dem Raubtier wieder nähern musste, zwang sie sich, Schritt für Schritt ihre Ruhe zu bewahren.
Doch kurz vor dem rettenden Baum verließ sie ihre Beherrschung, willenlos vor Panik rannte sie auf das Baumgerippe zu und begann nach oben zu klettern.

Dieses Losrennen löste bei dem Wolf den Angriff aus.

Hätte er noch zwei gesunde Hinterläufe gehabt, wäre Sabine ohne Chance gewesen. So aber schaffte sie es, knapp vor ihm hochzuklettern. Trotz seiner Schmerzen sprang er nach oben und bekam Sabine, welche sich schon in Sicherheit wähnte, eben noch an der Ferse zu fassen und riss diese komplett ab, so dass das Fersenbein frei lag. Sie spürte im ersten Moment noch keinen Schmerz, nur einen kräftigen Ruck an ihrem Bein. Trotzdem kletterte sie noch zwei, drei Meter höher und wagte dann erstmals, nachdem sie eine Weile den Stamm wie den Körper eines Geliebten umklammert hatte, einen Blick nach unten.

Der Wolf war außer sich vor Mordlust. Das herabtropfende Blut aus ihrem Bein machte ihn halb verrückt. Immer wieder versuchte er es mit einem kräftigen Sprung, schaffte es aber nicht einmal bis zur halben Höhe.
Obwohl Sabine dort, wo sie jetzt verharrte, absolut sicher war, begann sie noch höher zu klettern, hangelte sich, trotzdem in ihrem aufgerissenen Fuß allmählich ein heftiger

Schmerz zu toben begann, ganz nach oben bis in den dürren, abgestorbenen Gipfel.

Diesen umklammerte sie nun mit geschlossenen Augen, halb irrsinnig vor Angst und zugleich zaghafter Freude, einem schrecklichen Schicksal entronnen zu sein.

Doch plötzlich riss sie zu Tode erschrocken die Augen auf, die Baumspitze schien sich mit ihr zu neigen und zerbrach dann mit einem trockenen Splittern.

Gelähmt vor Schreck stürzte sie mit dem abgebrochenen Gipfel in die Tiefe.

In dem Moment, da sie am Boden aufschlug, grub sich das schreckliche Gebiss des Räubers tief in ihren Nacken, so dass sie augenblicklich das Bewusstsein verlor.

In Tannberg war der Teufel los.

Nachdem man erst im Morgengrauen mit Polizeihunden die Überreste der Leiche im dichten Unterholz gefunden hatte, war die ganze Gegend in hellem Aufruhr.

Der komplette Forst wurde gesperrt, Polizeihubschrauber kreisten unablässig, schwerbewaffnete Jäger und Förster befuhren mit Autos pausenlos alle Forststraßen, denn zu Fuß wagte sich kein Mensch mehr hinein. Pläne wurden geschmiedet und wieder verworfen. Fieberhaft suchte man nach Lösungen.

Für eine Drückjagd war der Tannberger Forst mit seinen 4000 Hektar viel zu groß, außerdem wäre es für die Treiber zu gefährlich gewesen. Giftköder wurden in Erwägung gezogen, Fallen vorgeschlagen, doch die Experten winkten überall ab, waren aber ebenso ratlos wie alle Anderen.

Der vernünftigste Vorschlag kam von einem alten Förster, der längst nicht mehr zur Jagd ging. Man solle die nächste Vollmondperiode abwarten, das wäre ohnehin schon in der kommenden Woche, dann möglichst viele Jagdkanzeln im Forst mit je zwei Mann besetzen, welche mit bewährten Raubwildlockmitteln wie Hasenklage oder Vogelangstgeschrei versuchen sollten, den Wolf anzulocken um ihn dann zu erlegen.
Da man nichts Besseres hatte, sollte wenigstens ein Versuch gewagt werden.
So wurde der Vorsitzende der Kreisjägerschaft gebeten, für die kommenden Vollmondtage möglichst viele Jäger zu mobilisieren. Das Ergebnis war ernüchternd. Von den annähernd dreihundert Mitgliedern der Kreisgruppe sagten lediglich fünfundzwanzig ihr Kommen zu. Von diesen waren am festgesetzten Termin nochmals zehn "verhindert". Aus diesem Grund beschloss man kurzfristig, in die Jagdkanzeln nun doch nur einen Mann zu postieren. Dass man mit dieser spärlichen Besetzung kaum mit einem Erfolg rechnen konnte, war im Grunde genommen jedem klar.

Die Polizei war mit zwei Transportern erschienen, um die jeweiligen Jäger wirklich bis an den Fuß der Jagdkanzeln zu fahren. Bevor es losging, hielt Rainer eine kurze Belehrung.

Als erstes bedankte er sich, dass wenigstens die fünfzehn gekommenen Jäger Mut und Courage bewiesen, wenn schon die restlichen, auch hier beschönigte er nichts, so erbärmlich gekniffen haben. Dann ermahnte er sie eindringlich, den Ansitzplatz wirklich erst zu verlassen, wenn der Bus zur Abholung wieder darunter steht. Das gelte auch dann, falls irgendwo ein Schuss fallen sollte. Die Ansitzdauer legte er mit Zustimmung der Jäger von jetzt Zwanzig Uhr bis einer Stunde nach Mitternacht fest. Rainer würde die Busse begleiten, um sie zu den jeweiligen Standorten zu dirigieren. Er selbst würde sich nach dem Verteilen von der Polizei an der Holzerhütte absetzen lassen, von wo ihn diese zum Einsammeln wieder abholen würde.

Es war fast Einundzwanzig Uhr, als Rainer den Bauwagen betrat, die Türe hinter sich schloss und das Fenster öffnete. Von fern vernahm er noch leises Motorengeräusch, dann aber herrschte gespenstische Stille.
Um die Wartezeit zu überbrücken, versuchte er, ein mitgebrachtes Buch zu lesen. Aber das war im Schein der Petroleumlampe ermüdend und seine Gedanken schweiften immer wieder zurück an den Tag, wo sich seine Kinder in die Hütte geflüchtet hatten.
Allein der Gedanke an die Gefahr, in der sie sich befanden, machte ihm das Atmen schwer und ließ seine Hände zittern. Er meinte, im Bauwagen zu ersticken und ging schließlich ins Freie.

Der kühle Windhauch brachte ihm augenblicklich Linderung, konnte seine innere Anspannung aber nicht verdrängen. Was hätte er dafür gegeben, wenn jetzt von einem der Ansitzpunkte ein Schuss aufpeitschte und der Spuk zu Ende wäre.

An der Südseite des Bauwagens, welche zur Kreuzung mit den vier Linden wies, stand eine Sommerbank, auf welcher er sich müde und zerschlagen niederließ und den Kopf an den Bauwagen in seinem Rücken lehnte.

Seine Gedanken glitten, obwohl er sich dagegen wehrte, wieder zurück zu dem getöteten Mädchen.

Dieses schreckliche Bild wollte einfach nicht mehr aus seinem Gehirn weichen und hatte etwas in seinem Inneren zerstört.

Wie oft war er seither schweißgebadet mitten in der Nacht in die Höhe gefahren und danach bis zum Morgengrauen wachgelegen.

Manchmal war Rita dabei wachgeworden, hatte sich dann ohne Worte an ihn gekuschelt und ihn, der oft am ganzen Körper zitterte, gestreichelt, bis er in ihren Armen geborgen, wieder eingeschlafen war.

Rita, Tina und Basti, die er über alles liebte, waren der ruhende Pol seines Lebens. Mit ihrer Hilfe würde er auch diese Krise überstehen. Ein leichtes Frösteln überkam ihn, doch er wehrte sich dagegen, aus seiner Traumwelt zu weichen.

Aber plötzlich bemächtigte sich Seiner ein eigenartiges Gefühl, das ihn zur Vorsicht gemahnte und er öffnete die Augen.

Im gleichen Moment lähmte ihm ein maßloser Schreck alle Glieder.

Dort, keine fünfzig Meter von ihm entfernt, stand der Wolf.

Noch war Rainer sich nicht sicher, ob das nicht bloß ein Trugbild wäre, eine Sinnestäuschung seiner überstrapazierten Nerven.

Da legte dieser, vom Mondlicht gespenstisch beschienen, den Kopf in den Nacken und stieß ein klagendes, markerschütterndes Heulen aus.

Ein abgrundtiefer Hass auf die Tücken des Schicksals stieg in ihm hoch. Sein Gewehr war zuhause im Schrank verwahrt, da er ja nur als „Verteiler" fungieren sollte. Er war völlig unbewaffnet und konnte seine Wut auf sich selbst und diesen unvorhersehbaren Zufall kaum mehr unter Kontrolle halten.

Mit einem Ruck stand er auf, im selben Moment fuhr der Wolf herum, starrte ihn furchterregend an und begann augenblicklich, langsam in seine Richtung zu schleichen.

„Die Axt."

Der Gedanke sprang Rainer in seiner Verzweiflung, die jedes vernünftige Denken unterband, unvermittelt an.

Gleich hinter der Türe lehnte eine große Holzfälleraxt. Im Zeitlupentempo bewegte er sich Richtung Türe und ließ dabei den sich nähernden Wolf keine Sekunde aus den Augen.

Mit einem Satz sprang er schließlich die Treppen hoch, griff sich die Axt und war mit einem Sprung wieder in Sichtkontakt mit der Bestie, welche sich ihm mittlerweile bis auf dreißig Schritte genähert hatte.

Von ohnmächtigem Hass erfüllt, das Bild des toten Mädchens vor Augen, ging er langsam auf ihn zu. Sein ganzes Denken und Trachten war beherrscht von dem einen Wunsch, diesen Albtraum endlich zu beenden.

Als sie nur noch wenige Schritte trennten, hob Rainer die Axt zum tödlichen Schlag.

In diesem Moment peitschte im Forst ein Schuss auf, dessen Hall sich unter den Kronen und Wipfeln mehrfach zu überschlagen schien.

Der Wolf drehte sich blitzschnell um die eigene Achse und war Sekunden später im Schatten der Baumriesen untergetaucht.

Rainer wankte und schien einen Moment lang zu stürzen, die Axt entglitt seinen Händen, dann ließ er sich erschöpft wieder auf der Bank nieder und kämpfte gegen seine rebellierenden Nerven.

Die hautnahe, lebensgefährliche Begegnung mit dieser Bestie zog ihm jetzt erst, im Nachhinein, den Boden unter den Füßen weg. Seine Zähne schlugen aufeinander, der ganze Körper zitterte. Mit geschlossenen Augen versuchte er lange vergeblich, wieder die Kontrolle über sich zu bekommen.

So fanden ihn die beiden Polizisten, die ihn zum Einsammeln der Jäger wieder am Bauwagen abholen wollten. Dank deren beruhigendem Zuspruch konnte er schließlich das aufregende Erlebnis halbwegs ruhig berichten und seine Nerven wieder beruhigen.
Beim Einsammeln der Jäger wurde dann auch der Schuss aufgeklärt. Einem Jungjäger war auf das Rufen mit der Hasenklage vermutlich ein Fuchs zugestanden, welcher im Bereich der Ansitzkanzel eine Zeitlang im Unterholz umherschlich, bis die Anspannung dem jungen Waidmann zu viel wurde und er aufs Geratewohl in seine Richtung schoss.
Trotz dem Misserfolg wurde der Sammelansitz noch dreimal vergeblich wiederholt, dann gab man es frustriert auf.

Bruno Zeppke, von allen nur „Zechi" genannt, war ein allseits bekannter, versoffener Taugenichts. Als er nach dem endgültigen Abbruch des Unternehmens am Biertisch vorschlug, die Jäger sollten auf den Hochständen doch selbst um Hilfe rufen, da käme der Wolf vielleicht noch am ehesten, wurde er kurzerhand hinausgeschmissen.

Das kam dem Suffkopf aber nicht ungelegen, denn in dem Trubel hatte der Wirt vergessen, seine sieben Bierchen abzukassieren.

Jutta Bönisch war im Grunde genommen ein bedauernswerter Mensch. Sie hatte sich mit den Jahren in den Wahn gesteigert, dass alle Welt gegen sie war. Schuld daran hatte zum Großteil ihre Erziehung. Ihre Eltern waren schon hoch in den Vierzigern, als es mit dem langersehnten Wunschkind endlich noch klappte.
Die Folge war, dass das Kind vergöttert wurde. Jutta wurde in dem Glauben erzogen, sie sei das edelste Geschöpf auf dieser Welt. Sie bekam, was sie wollte, lernte nie, dass man sich gelegentlich auch unterordnen muss, lernte nie teilen und anderen Menschen mit Liebe zu begegnen. Dementsprechend schwierig waren in der Folge die Schul- und Lehrjahre, als sie sich außerhalb der elterlichen Fürsorge behaupten musste. Ihr Freundeskreis hielt sich in Grenzen und ihre halbherzige Beziehung zu einem jungen Mann aus der Nachbarschaft ging schließlich auch in die Brüche. So wurde sie mit den Jahren verbittert und voreingenommen gegen jede andere Meinung.
Derzeit war Jutta Bönisch allerdings außer sich vor Zorn. Das Gelächter der „Spießer" bei ihrer Flucht aus dem Saal hatte sie ins Mark getroffen und bis ins Innerste gekränkt. Diese Schmach konnte sie einfach nicht überwinden.

Von den Neubürgern hatte sie nachträglich erfahren, dass dieser Förster den Wolf auch noch mit dem Auto angefahren hatte und sie, Jutta Bönisch, vor dem ganzen Saal als eine „Verrückte" bezeichnet hatte. Außerdem wurde ihr berichtet, dass er sich angeblich bei dem gemeinschaftlichen Ansitz feige gedrückt hatte, indem er sich die ganze Zeit im sicheren Bauwagen versteckte."

Obwohl einige aus ihrem Bekanntenkreis behaupteten, dass dieses Gerücht hundertprozentig nicht der Wahrheit entsprach und sie aus sicherer Quelle eine ganz andere Version gehört hatten, ließ sie sich ihre Darstellung des Geschehens nicht ausreden.

Jutta hatte sich einen genauen Plan zurechtgelegt. Als erstes mussten gezielt die maßgeblichen Behörden und Medien auch weitab des Landkreises über die Anwesenheit des Wolfes und die beiden toten Frauen informiert werden, damit das Naturparkprojekt für alle Zeiten gestorben ist. Diesen Einfaltspinseln mit ihren Geheimhalteplänen würde sie einen Strich durch die Rechnung machen.

Als nächstes wollte sie möglichst viele Tannberger Bürger gegen den Förster und seine Familie aufbringen. Dazu musste sie nur die Neidgefühle wecken und das war zurzeit nicht schwer. Denn während fast alle im Ort mehr oder weniger ums Überleben kämpften, wohnten diese mietfrei im Forsthaus und das unkündbar bei einem stattlichen und gesicherten Einkommen.

Genau hier wollte sie den Hebel ansetzen.

Schon beim nächsten Damenkränzchen, das traditionell jeden Mittwoch im Sportheim stattfand, zog sie alle Register ihrer Verleumdungskunst.

Ihr ganzes Sinnen und Trachten war nur noch von dem Wunsch beseelt, diese ganze niederträchtige Bande, allen voran den Förster, für die ihr angetane Schmach büßen zu lassen.

Ihre verbündeten Neubürger, von den Einheimischen so gut es ging geschnitten, hatten für sie stets ein offenes Ohr und brachten ihre gestreuten Gerüchte bereitwillig unter das Volk.

Bald schon sollte Rita die Folgen dieser unsäglichen Hetzkampagne zu spüren bekommen.

Timo Arends und Heiko Hornung waren unzertrennlich seit Kindertagen. Sie besuchten gemeinsam den Waldkindergarten, hatten den gleichen Schulweg und waren fast auf den Tag gleich alt. Timo feierte am Montag vergangener Woche seinen 13. Geburtstag, bei Heiko war es einen Tag später soweit.

Voller Stolz hatte ihm Timo damals erzählt, dass ihm sein Vater, der als Mitglied des Schützenvereins mehrere Gewehre besaß, als „besonderes Geschenk" die Zahlenkombination seines Waffenschrankes verraten hatte. Dabei strahlten seine Augen vor Stolz, und er glaubte die Worte seines Vaters wieder zu hören.

„Timo, du bist jetzt alt genug und ich weiß, dass ich mich auf dich verlassen kann. Ab heute ist der Waffenschrank auch für dich zugänglich.

Nur wir beide kennen die Kombination.

Das ist mein besonderes Geschenk für dich zum Geburtstag. Ich hoffe, du weißt das zu würdigen."

Als ihm sein Vater dann noch feierlich die Hand reichte, nickte er nur stumm, denn er konnte vor Freude über diesen Vertrauensbeweis nur mühsam die Tränen zurückhalten.

Der Wolf war natürlich auch bei den beiden Jungs das beherrschende Thema. Als sie jetzt auf dem Steg des Dorfweihers beim Angeln saßen, gingen sie der Reihe nach alle Möglichkeiten durch, wie man diese Bestie erledigen könnte. Plötzlich schlug sich Heiko mit der Hand auf die Stirn.

„Timo, ich hab´s. Du kannst doch jetzt an die Gewehre bei euch zuhause ran. Wir leihen uns zwei Gewehre aus und erschießen dieses Mistvieh."

„Aber…"

„Nichts aber. Das ist unsere große Chance. Wir beide befreien die Leute von dieser Geißel. Was glaubst du, was dann hier los ist. Wir werden als Helden gefeiert und von allen bewundert."

Timo blickte gedankenverloren vor sich auf das Wasser und bemerkte trotzdem nicht, dass mittlerweile ein Fisch an seiner Gerte angebissen hatte.

„Was guckst du denn so belämmert, du solltest mir dankbar sein für meine glorreiche Idee. Außerdem hat bei dir etwas angebissen."

Jetzt erst bemerkte Timo, dass der Schwimmer seiner Gerte schon eine Weile unter Wasser gezogen wurde. Fast lustlos setzte er den Anhieb und zog dann eine zweipfündige Brachse aus dem Wasser.

„Wie ich immer sage: Wenn es läuft, dann läuft es von selber. Erst meine super Idee, im nächsten Moment ziehst du schon eine anständige Brachse an Land, aber den dicksten Fisch landen wir, wenn wir erst diesen Wolf gekillt haben."

„Weißt du...", erwiderte Timo zögerlich, „dass wir beide diese Bestie erledigen, wäre schon eine verlockende Sache. Aber dass ich dafür Gewehre meines Vaters entwenden soll.."

„Wer redet denn von entwenden? Wir leihen sie uns doch bloß aus für eine gute Sache", entgegnete Heiko aufgebracht.

„Aber das ändert doch nichts daran, dass ich das Vertrauen meines Vaters missbrauche. Verstehst du das denn nicht."

„Papperlapapp, park mal dein Gewissen eine Zeit lang in der Garage und denk lieber drüber nach, wie dich nach unserer Heldentat deine heiß und innig geliebte Lena anhimmeln wird. Die zerfließt doch glatt voller Bewunderung vor dir."

Bei dem Gedanken an Lena wurde Timo ganz flau im Magen. Seit sie vor einigen Wochen seine sehnsuchtsvollen Blicke mit einem scheuen, aber wie ihm vorkam, irgendwie aufmunternden Lächeln erwiderte, war es um ihn geschehen. Doch er hatte es bisher nicht gewagt sie anzusprechen. Aber weniger aus Mangel an Mut, sondern weil sie mit einer Abfuhr seine geheimsten Träume und Sehnsüchte zerstören würde.

Heiko wusste, dass er mit dem Hinweis auf Lena bei seinem Freund eine Schwachstelle getroffen hatte und gedachte das bestmöglich auszunutzen.
„Timo, du hast es in der Hand. Eine Zukunft als Held, das Mädchen deiner Träume liegt dir zu Füßen und dein alter Herr wäre zudem mächtig stolz auf dich."

„Glaubst du wirklich?"

„Wenn ich es dir sage. Darum lass uns jetzt die Sache angehen. Auf der Stelle."

Heiko begann umgehend das Angelzeug zusammen zu räumen.

„Na komm, mach schon, die Gelegenheit ist günstig wie nie. Deine Eltern sind noch in der Arbeit und das Wochenende steht vor der Tür. Du schreibst einen Zettel, dass du zwei Nächte bei mir pennst, damit hat es sich."

Wenig später stand Timo vor dem Gewehrschrank, während Heiko draußen wartete. Bedächtig tippte er den Geheimcode ein und zog dann langsam die schwere Stahltüre auf. Sein Herz pochte vor Anspannung wie verrückt.

Wo war seine unbeschreibliche Freude geblieben, dieser unglaubliche, die ganze Brust ausfüllende Jubel, als er das erste Mal alleine zuhause, den Schrank öffnete und das Vertrauen seines Vaters genoss.

Nachdem er jetzt fast scheu hineingriff und eine der stahlblau brünierten Waffen in Händen hielt, glaubte er die Stimme seines Vaters wieder zu hören.

„Timo, das ist mein besonderes Geschenk an dich zum Geburtstag. Ich hoffe, du weißt das zu würdigen."

NEIN!

Alles in ihm wehrte sich plötzlich gegen diesen Vertrauensbruch. Er fühlte sich erbärmlich und grundschlecht. Mit einem entschiedenen Ruck stellte er die Waffe wieder an ihren Platz, ließ seinen Blick noch einmal über die Reihe der matt schimmernden Gewehre gleiten und gleichzeitig kehrte die stille Freude zurück und die Gewissheit, seinen Vater niemals zu enttäuschen.

Als er mit leeren Händen aus dem Haus kam, sah Heiko an seinem Blick, dass sich Timo anders entschieden hatte.

„Sei mir nicht böse Heiko. Ich kann es nicht. Nicht für allem Ruhm der Welt und nicht mal für Lena würde ich das meinem Vater antun."

„Weißt du was? Ganz ehrlich gesagt ist mir so auch wohler. Ich hatte vorhin echt ein schlechtes Gewissen, dass ich dich so bedrängt habe. Schwamm drüber, Timo. Wir halten jetzt Kriegsrat wie früher, dann wird uns schon etwas einfallen."

Auf der Stelle waren beide Jungs wieder in Hochstimmung und beratschlagten, wie sie, ohne krumme Tour, die Sache angehen könnten. Fallgruben, Schlingen und Pfeil und Bogen wurden heiß diskutiert und wieder verworfen.

„Ich hab's, sagte Heiko plötzlich. Wie haben doch beide unsere Survival Messer. Die binden wir ganz fest an eine Stange, dann haben wir einen brauchbaren Speer, mit dem wir ihn erledigen können."

„Und du denkst, das funktioniert?" fragte Timo ungläubig.

„Und ob das funktioniert. Wir gehen immer Seite an Seite, und wenn uns der Wolf angreift, gehen wir etwas auseinander, so kann er nur einen von uns attackieren.

Dann kann ihm der andere in aller Ruhe von der Seite seinen Speer in die Wampe jagen."

„Na ich weiß nicht, Heiko, da müssen wir ihm schon sehr dicht auf den Pelz rücken."

„Na und? Das ist doch erst die Würze. Vor allem steigert es unseren Ruhm ins Unermessliche. Ich sag nur ein Wort: Lena."

Bald darauf befestigten sie ihre Messer auf zwei frisch abgeschnittenen Weidenstangen mittels Bindedraht und Klebeband und waren anschließend mit ihrer Arbeit hochzufrieden. Die Weidenstange lag gut und sicher in der Hand und das scharf geschliffene Messer an der Spitze vermittelte ein Gefühl der Sicherheit.
„Also, gehen wir es an?", sagte Heiko voller Tatendrang, und hielt Timo seine Hand hin.
Dieser schlug, freudig aufgekratzt, von dem vorher so quälenden Druck befreit, in die Hand seines Freundes ein.

Wenig später tauchten sie in dem schattigen Forst unter, der jetzt, am fortgeschrittenen Nachmittag, schon dunkel und düster wirkte. Sie marschierten auf dem Holzabfuhrweg, der zur Wegkreuzung bei den vier Linden führte, wo der Wolf die Försterkinder verfolgt hatte.
Eine seltsame, gedrückte Stimmung herrschte unter dem dichten Nadel- und Blätterdach. Jeder der mächtigen

Stämme konnte dem Wolf Deckung bieten und zu einem Überraschungsangriff verhelfen. Obwohl es keiner zugeben mochte, beschlich beide ein unbehagliches Gefühl und ließ die anfängliche Euphorie umschlagen in Zweifel, ob ihr Vorhaben wirklich zu Ende gedacht war.

Bei der Wegkreuzung zankten sie eine Weile, ob sie links oder rechts abbiegen sollten und gingen dann schließlich geradeaus, damit keiner Recht bekam. So wanderten sie langsam, alle Sinne zum Zerreißen gespannt, immer tiefer in den schattigen Wald. Zwei Stunden mochten die Beiden schon unterwegs sein und die fortgeschrittene Dämmerung machte ihnen schwer zu schaffen. Immer länger verhielten sie ihren Schritt, um die düstere Schattenwelt vor ihnen auszuspähen.

„Weißt du, Heiko, ich glaube, es wäre besser gewesen, wir hätten diese Aktion am frühen Vormittag gestartet. In höchstens einer halben Stunde ist es stockfinstere Nacht. Da sind wir gegen dieses Drecksvieh doch chancenlos."

Obwohl Heiko eigentlich genau dasselbe dachte, glaubte er immer noch, den Helden spielen zu müssen.

„Mach dir nicht in die Hosen. Schließlich ist der Wolf ein Raubtier und geht erst in der späten Dämmerung auf die Jagd."

„Deinen dämlichen Galgenhumor kannst du dir sparen. Auf wen geht er denn auf Jagd? Auf uns, oder wie?

Außerdem, wie soll er uns in dem riesigen Forst überhaupt so schnell finden?"

„Nichts leichter als das", entgegnete Heiko und rief dann unvermittelt so laut er konnte: „Hier sind wir, du Stinker."
Timo erschrak zutiefst. „Bist du verrückt geworden, du lockst ihn ja direkt her zu uns."
„Hör mal, du Hasenfuß, du vergisst wohl, warum wir hier sind."

Als unmittelbar darauf in ihrer Nähe ein dürrer Ast knackte, fuhren jedoch beide erschrocken zusammen.
„Was war das?", flüsterte Timo.

Als seine Eltern nach Hause kamen, wunderten sie sich über die Stille im Haus. Für gewöhnlich dröhnte „Timo's Affenmusik", wie sein Vater es nannte, durch das Haus, solange er sturmfreie Bude hatte. Verwundert klopften sie an seine Türe, doch das Zimmer war leer. Auch an der Pinnwand, wo er gewöhnlich eine Nachricht hinterließ, wenn er bei einem Freund war, steckte kein Zettel.
Während seine Eltern noch rätselten, wo er sein könnte, läutete das Telefon.
„Das wird er sein", rief seine Mutter erleichtert und nahm den Hörer ab. Doch zu ihrem Entsetzen meldete sich Heiko's Vater völlig aufgelöst und berichtete, dass die beiden Jungs vom Wirt gesehen wurden, wie sie in

Richtung Forst marschiert waren, wobei jeder irgend einen länglichen Gegenstand mit sich führte. Was genau das war, konnte er wegen der großen Entfernung nicht sehen.

Timo's Vater wurde bleich und spürte sein Herz pochen, wie noch nie in seinem Leben, als ihm seine Frau über den Anruf berichtete. Sein erster Gedanke galt den Gewehren, als er von dem länglichen Gegenstand hörte.
Lass es nicht wahr sein. Nein-Nein-Nein. Das tut dir dein Junge nicht an. Voll quälender Zweifel ging er zum Gewehrschrank und öffnete die Türe. Erleichterung und Angst hielten sich die Waage, als er feststellte, dass keine der Waffen fehlte.
„Ruf die Polizei", sagte er tonlos zu seiner Frau.

„Das hat Heiko's Vater schon getan", erwiderte sie mit brüchiger Stimme, während ihr eine lähmende Angst die Kehle zuschnürte. Als ihr Mann entschlossen ein Gewehr und eine Packung Patronen aus dem Schrank nahm, fragte sie etwas ratlos.
„Was hast du vor? Was willst du denn mit dem Gewehr?"
„Zieh dich warm an. Wir fahren jetzt alle Forststraßen ab und suchen Timo, und wenn wir die ganze Nacht unterwegs sind."

Der Wolf war den beiden Jungs schon eine ganze Weile gefolgt, nur ihre halblaute Unterhaltung hatte ihn bisher von einem Angriff abgehalten. Rainer hatte ihm damals bei der Holzerhütte mit dem Auto das Sprunggelenk zerschmettert und der schlecht heilende Bruch machte ihm schwer zu schaffen. Zudem war er durch seinen quälenden Hunger und den ständigen Schmerz gereizt und angriffslustig.

Der Geruch der Menschen jagte ihm längst keine Angst mehr ein. Er sah in ihnen nur noch leichte Beute.

Timo und Heiko blickten gebannt in die Richtung, aus der das Geräusch kam, doch mittlerweile war die Dämmerung so weit fortgeschritten, dass man Mühe hatte, die unmittelbare Umgebung zu erkennen.

„Du hast Recht gehabt, wir hätten das Unternehmen doch schon am Vormittag starten sollen. So wie jetzt, sind wir ohne Chance", flüsterte Heiko heißer.

„Dann wäre es doch besser, wenn wir das Ganze für heute abblasen, meinst du nicht auch?"

„Quatsch! Wie stehen wir denn da, wenn wir jetzt klein bei geben. Wir sind doch zuhause längst überfällig."

Beide erstarrten, als sie aus der Ferne Hupen und Rufe vernahmen. Bald darauf flutete Scheinwerferlicht die Forststraße und sich näherndes Motorengeräusch wurde hörbar.

„Schnell, nichts wie in Deckung", rief Heiko und riss Timo mit sich. Beide lagen flach auf dem Waldboden, als das Auto, höchstens dreißig Meter entfernt anhielt und Timo den flehenden Ruf seines Vaters vernahm.

„TIIIMOO…..TIIIMOO".

Angst und Verzweiflung riefen aus der Stimme, so dass Timo schon aufspringen wollte um zu seinem Vater zu eilen. Doch da setzte sich das Auto wieder in Bewegung, fuhr einige hundert Meter weiter und wieder vernahm Timo, gerade noch hörbar, den flehenden Ruf seines Vaters. Mitleid und quälendes Schuldbewusstsein, dass er seinen Eltern das antat, stiegen in ihm hoch, so dass er dem Wagen am liebsten nachgerannt wäre.

Der Wolf lag die ganze Zeit flach auf den Boden gedrückt, nur einen Steinwurf von Heiko und Timo entfernt.

Zur gleichen Zeit war ganz Tannberg in hellem Aufruhr. Das Verschwinden der beiden Jungs hatte sich wie ein Lauffeuer verbreitet. Vor der „Alten Post" war ein Menschenauflauf. Alle schrien und diskutierten wild durcheinander, erst als der Bürgermeister eintraf, sich die Lage berichten ließ und an die Vernunft der Leute appellierte, beruhigten sich diese halbwegs.

Mittlerweile war auch die Polizei aus der nächsten Kreisstadt mit mehreren Streifenwagen eingetroffen. Der Marktplatz flackerte gespenstisch im Stroboskop der zuckenden Blaulichter.

Nachdem Stubecke den Einsatzleiter in knappen Sätzen informiert hatte, forderte dieser umgehend einen Polizeihubschrauber an. Dann wies er seine Kollegen an, sofort alle Forststraßen und Wege mit Blaulicht und Martinshorn abzufahren und dabei über Lautsprecher ständig nach den beiden Jungs zu rufen. Ihm ging es in erster Linie darum, möglichst schnell viel Unruhe in den Wald zu bringen.

Es war eine schaurige Lärmkulisse, als die Streifenwagen gleichzeitig ausschwärmten und mit heulenden Sirenen Richtung Forst verschwanden. Danach meldete sich der Einsatzleiter über den Lautsprecher seines Wagens an die Anwesenden zu Wort.

„Alle mal herhören. Es ist keine Zeit verlieren. Wir haben einen Hubschrauber angefordert, weil dieser am schnellsten ein großes Gebiet absuchen kann. Es kann aber eine Weile dauern, bis dieser eintrifft. Inzwischen werden wir das Gebiet, in dem sich die Vermissten aufhalten könnten, mit Lärm und Krawall überziehen in der Hoffnung, dass der Wolf dadurch keinen Angriff wagt. Wie Sie gesehen haben, sind meine Leute schon unterwegs. Es wäre von Vorteil, wenn sich jemand mit Ortskenntnis des Forstes bei mir melden würde, damit dieser die Hubschrauberbesatzung begleiten kann."

„Hier haben Sie den richtigen Mann", rief Stubecke, als der Förster zu ihnen stieß.

Ehe sich der Polizist Rainer zuwenden konnte, kreischte eine hysterische Frauenstimme aus der Menge.
Jutta Bönisch.
Seit der Schmach bei der Bürgerversammlung sann sie auf Rache und dies war eine weitere Gelegenheit, ihren vermeintlichen Feinden mit Lügenmärchen zu schaden.

„Da kommt der wahre Schuldige. Dieser schießwütige Grünrock hat den armen Wolf so schwer verletzt, dass er vor Schmerzen sogar nach Menschen schnappt..."

Weiter kam sie nicht, denn in diesem Moment bekam sie von Jochen Spier, einem alten, schon pensionierten Holzhauer einen solchen Tritt ins Gesäß, dass sie nach vorne stolperte und nur dank der Menschenmenge nicht der Länge nach hinschlug.

„Polizei-Körperverletzung", konnte sie während dem Straucheln noch kreischen, doch bevor sie sich umdrehen konnte um nach dem Schuldigen zu schauen, war Jochen längst in der Menge untergetaucht und das schadenfrohe Gelächter der Umstehenden brachte sie vollends um den Verstand. Zornbebend rannte sie zum Einsatzleiter und herrschte diesen an.

„Ich bin angegriffen und verletzt worden. Hier, mitten in der Menge. Ich verlange, dass Sie den Schuldigen sofort suchen und seine Personalien feststellen."

„Bitte, was sind Sie?"

„Jemand hat diese Spinatwachtel anständig in den Hintern getreten, wie sie es verdient", rief einer aus der Menge schadenfroh.

„Ich verlange, dass Sie auf der Stelle..." Weiter kam sie nicht, denn jetzt schrie der Einsatzleiter wutentbrannt: „Wenn Sie nicht sofort verschwinden, trete ich persönlich Sie nochmals in den Hintern. Wir haben jetzt wahrhaftig andere Sorgen."
Im Gesicht weiß wie Kalk, mit bebenden Lippen und zutiefst in ihrem Stolz gekränkt, suchte Jutta Bönisch das Weite.

Nachdem Timos Vater endgültig nicht mehr zu hören war, schien die Stille vollkommen. Selbst ihr eigener, stoßweiser Atem schien den beiden Jungs verräterisch laut.
„Was willst du denn jetzt machen", flüsterte Timo nach einer Weile flehend. „Kapier doch endlich, dass wir, solange es stockfinster ist, gegen den Wolf keine Chance haben. Der kann hinter jedem Baum, hinter jedem Strauch ganz plötzlich..."

„Sei still", zischte Heiko nervös.

Doch auch Timo war nicht entgangen, dass wenige Meter vor ihnen kaum hörbar Reisig knisterte. Ohne Zweifel bewegte sich dort ein größeres Tier.

Beide erhoben sich langsam, hielten, zitternd und auf das höchste erregt ihre Lanzen stoßbereit in den Händen und lauschten angestrengt in die Dunkelheit. Nichts regte sich mehr.

Doch plötzlich knackte seitlich von ihnen ein trockener Ast, beide fuhren erschrocken herum und im selben Moment schrie Timo schmerzerfüllt auf und brach schwerverletzt zusammen.

„TIMO!"

Heiko schrie zu Tode erschrocken den Namen seines Freundes, denn er wusste genau, was passiert war. Im plötzlichen Herumfahren hatte er seinen Freund ziemlich heftig mit der Lanze erwischt und wahrscheinlich schwer verletzt. Er warf seine eigene Lanze weg und kniete sich neben ihn. Blut quoll aus der Brust und dem Oberarm.

Heiko packte das blanke Grauen. „Timo, Timo, bitte sag doch etwas."

Dieser öffnete den Mund und wollte antworten, brachte aber nur ein gequältes Stöhnen über die Lippen.

Heiko erhob sich, halb verrückt vor Angst und Entsetzen. „Oh mein Gott, was hab ich bloß angerichtet."

In diesem Moment erklang ein dunkles, alles lähmendes Knurren das sich binnen Sekunden wütend und lauter werdend steigerte, zugleich schoss der Wolf aus der Dunkelheit hervor, tötete Heiko mit einem einzigen Biss und schleppte ihn dann einige Meter weg ins Unterholz, wo er sofort begann, seinen brennenden Hunger zu stillen.

Timo, halb betäubt vor Angst und Schmerz, hörte das Brechen der Knochen, das Zerren, Reißen und hastige Schlingen des Wolfes am Leichnam seines Freundes und verlor schließlich das Bewusstsein.

Mit donnerndem Getöse ging der Hubschrauber auf dem Marktplatz nieder, nachdem man zuvor die Menschen zurückgedrängt hatte. Noch unter dem Drehen der Rotoren lief der Einsatzleiter in gebückter Haltung zu der Besatzung, klärte den Einsatz kurz mit ihnen ab und drängte zu größter Eile.
„Ich gebe Ihnen noch einen Mann mit, der das infrage kommende Gebiet bestens kennt." Dann winkte er Rainer zu sich und bat ihn, mit zu fliegen. Kaum war dieser zugestiegen, brachte der Pilot die Rotoren auf Volllast und zog seine Maschine lärmend in die Luft.

Als Timo aus seiner Bewusstlosigkeit erwachte, brauchte er wieder einige Sekunden, um das schreckliche Geschehene und seine lebensgefährliche Situation zu begreifen. Er wagte nicht, trotz seiner schmerzenden Verletzung, sich zu bewegen und lauschte nur angestrengt in die Dunkelheit. Es gab keinen Zweifel.

Der Wolf war immer noch ganz nah. Die grauenvollen Geräusche seiner Nahrungsaufnahme, das Zerren, Schlingen und Reißen waren immer noch zu vernehmen, nicht mehr so wild und gierig wie am Anfang, aber unverkennbar. Mit dieser Erkenntnis schwanden ihm wieder die Sinne, kurz wehrte er sich dagegen, doch der große Blutverlust lähmte seine Widerstandskraft und ließ ihn gnädig in erneute Bewusstlosigkeit zurückgleiten.

Einige Zeit später näherte sich ein Streifenwagen der Polizei mit Blaulicht und Sirene, welcher in kurzen Abständen die Fahrt für seine Durchsage unterbrach: „Timo, Heiko, bitte meldet euch, dann seid ihr in Sicherheit."

Timo vernahm die Ansage halb im Unterbewusstsein wie durch dichtesten Nebel. Erst als der Streifenwagen sich wieder in Bewegung setzte, wurden seine Gedanken wieder klarer und er lauschte schreckensstarr in die Finsternis.

Der Wolf lag flach auf dem Waldboden und blickte in Richtung des Lärms. Es war ihm lästig, aber vermochte ihn nicht zu vertreiben. Als sich der Wagen wieder in Bewegung setzte und Stille einkehrte, sicherte der Wolf in alle Richtungen.

Dabei gewahrte er Timo. Katzengleich, jedes Geräusch vermeidend, schlich er auf ihn zu. Er fühlte, dass noch Leben in Timos Körper war, zog die Lefzen hoch und knurrte erregt, das blutverschmierte Gebiss dicht über dem Jungen.

Timo fühlte, dass die Bestie auf ihn zu schlich. Er schloss die Augen, eine unbeschreibliche, entsetzliche Angst lähmte ihm alle Glieder. Gleich darauf spürte er den heißen Atem des Räubers, blutvermischter Speichel tropfte auf sein Gesicht und das drohende Knurren ging ihm durch Mark und Bein.

Aber der Wolf war vollgefressen und suchte keine neue Beute. Langsam beruhigte er sich, wendete sich dann zögernd ab um bald darauf wieder auf den Boden zu sinken.
Ein neues, unbekanntes Geräusch kam stetig näher, steigerte sich zum tosenden Lärm, mit ihm bogen sich Büsche und Bäume. Der Wind der Rotoren wirbelte altes Laub und Nadeln umher wie im schlimmsten Sturm. Bald darauf tauchten die Suchscheinwerfer alles in grelles Licht. Das war zu viel für ihn.
So schnell er konnte, flüchtete der Räuber aus dem tosenden Bereich.

Die beiden Piloten des Hubschraubers schrien aufgeregt durcheinander, als sie den grauen Körper sahen, der aus dem hell erleuchteten Bereich zu entkommen suchte.

„Da ist er."

„Wir haben ihn, nichts wie hinterher", riefen sie aufgeregt durcheinander. Rainer, der nur aus den Augenwinkeln etwas davonhuschen sah, starrte gebannt nach unten. Augenblicklich verfolgten sie den Flüchtenden, immer dicht über den Baumwipfeln. Jagdfieber hatte alle erfasst, über Funk riefen sie alle Streifenwagen zusammen, doch da sie selbst in ständiger Bewegung waren, hatten die Fahrzeuge kaum eine Chance, zu ihnen aufzuschließen. Immer wieder schlug der Wolf einen Haken und versuchte sogleich, sich zu verstecken, doch immer wieder stöberten sie ihn mit kreisenden Suchschleifen auf. Sie hatten den Wolf schon einige Kilometer verfolgt, als dieser in einen alten Eichenbestand flüchten konnte. Hier waren die Kronen der Bäume so dicht, dass sie der Besatzung den Blick nach unten fast völlig verwehrte und er endlich seine Verfolger abschütteln konnte.

„Das war`s dann wohl. Verdammter Mist", gab der Pilot ärgerlich von sich. Der Copilot teilte ihren Kollegen in den Streifenwagen über Funk den Abbruch der Verfolgung mit, da kein weiterer Sichtkontakt möglich war.
Der Einsatzleiter antwortete umgehend: „Danke Jungs, nicht euer Verschulden, aber vielleicht ist dem Wolf wenigstens für heute die Lust auf Angriffe vergangen."

„Moment mal", warf jetzt Rainer erschrocken ein. „Lass es nicht wahr sein, was ich befürchte, aber ... zum Schluss hatte der Wolf die Jungs schon gefunden..."

„Großer Gott, Sie könnten Recht haben", warf der Pilot ein. „Wie sollen wir da bloß wieder hinfinden"?

„Das ist kein Problem", erwiderte Rainer. „Ich kenn meinen Wald auch von oben, und ich weiß so ungefähr, wo wir die Verfolgung aufgenommen haben".

Timo war durch den hohen Blutverlust sehr geschwächt und stand zudem unter schwerstem Schock. Seit er wieder bei Bewusstsein war, peinigte ihn eine alles lähmende Angst, dass der Wolf zurückkehren könnte und er das nächste Opfer sein würde.

Er wagte sich keinen Millimeter zu rühren.

„Jetzt mal langsam", rief Rainer, der angestrengt nach unten sah. „Hier irgendwo müsste es gewesen sein, so im Umkreis von ca. 100 bis 200 Metern. Genauer kann ich es nicht sagen, aber ich bin mir sicher, dass wir über dieser Forstabteilung waren".

„Na dann wollen wir mal", erwiderte der Pilot und begann so tief zu gehen, wie es der Wald hier erlaubte. Dann begann er langsam zu kreisen. Die Männer starrten angestrengt nach unten, während der Hubschrauber seine Kreise immer weiter ausdehnte.

Wiederholt war der Hubschrauber so nahe bei Timo, dass dieser nur wenige Meter bis in den hellerleuchteten Suchbereich gehabt hätte. Doch der Schock und die Ungewissheit, ob der Wolf noch in seiner Nähe ist, versetzten ihn in eine alles lähmende Starre.

Er spürte grenzenlose Enttäuschung, als sich der Lärm und die Scheinwerfer wieder weiter entfernten.

Völlig apathisch lag er still und verharrte ohne jede Regung.

„Ich glaube, wir können uns hier das Suchen schenken, hier finden wir nichts, oder, was meinst du?" Fragend blickte der Copilot zu seinem Kollegen, nachdem sie die Waldabteilung wieder und wieder abgeflogen hatten.

„Ich weiß nicht so recht, ich hab so ein komisches Gefühl, als ob wir ganz nah dran wären", erwiderte dieser und drehte sich zu Rainer. „Was würden Sie vorschlagen?"

„Ich bin gerade am Überlegen", sagte dieser nachdenklich. „Fakt ist, den Wolf hat hier irgendetwas festgehalten, sonst wäre er lange vor unserer Annäherung geflüchtet. Das heißt, er war entweder kurz davor, Beute zu machen, oder, er hatte schon ein Opfer gefunden".

„Verdammt noch mal", gab der Pilot gereizt von sich. „Das klingt ja alles sehr einleuchtend, aber können Sie sich nicht mehr erinnern, wo genau wir die Verfolgung aufgenommen haben?"

„Nein, beim besten Willen nicht", sagte Rainer gequält. „Aber mir fällt gerade ein, er hat doch am Anfang seiner Flucht gleich die Forststraße überquert, das heißt.."

„Das heißt, dass wir jetzt den Bereich entlang der Straße noch einmal Meter für Meter genauestens absuchen sollten.

Timos Eltern waren verzweifelt. Sie wussten nicht mehr, wo sie noch suchen sollten. Wenn ihr Junge noch am Leben war, müsste er sie längst irgendwann gehört haben. Heikos Eltern suchten ebenfalls auf eigene Faust, mehrfach waren sie sich schon begegnet.

Zudem war der ganze Wald in Aufruhr. Zuckende Blaulichter, Sirenengeheul, dazwischen die Lautsprecher, die beständig nach Timo und Heiko riefen und sicher in den letzten Winkel des Waldes gedrungen sein mussten.

Dazu mal von fern, dann wieder nahe das Donnern der Hubschrauberrotoren. Die beiden Jungs noch lebend anzutreffen, erschien inzwischen fast aussichtslos. An der Kreuzung nahe dem Bauwagen sammelten sich die Einsatzfahrzeuge zu einer Lagebesprechung.

Es war eine bedrückende Stimmung, weil sich alle einig waren, dass man mit dem Schlimmsten rechnen musste.

Fast gleichzeitig stießen auch Timos und Heikos Eltern dazu.

Sie waren dem Zusammenbruch nahe, als ihnen der Einsatzleiter schonend mitteilte, dass kaum noch Hoffnung auf einen glücklichen Ausgang besteht.

Die Männer im Hubschrauber starrten angestrengt nach unten und waren auf das Schlimmste gefasst. Doch der Anblick, der sich ihnen wenig später bot, brachte sie an die Grenze des Erträglichen.

Die gewaltigen Luftwirbel bogen Büsche und kleinere Bäume zur Seite, so dass auch entlegene Winkel sichtbar wurden.

„Da war was", schrie Rainer plötzlich in höchster Erregung. „Leuchte mehr nach Links und setz etwas zurück." Der Pilot machte einen kleinen Schwenk, da gaben die zur Seite gebogenen Zweige den Blick auf Timo frei.

Seine Augen waren geöffnet und starrten ins Leere, sein fast noch kindliches Gesicht und die Lippen wirkten völlig blutleer.

Es schien, als wäre alles Leben aus dem jungen Körper gewichen.

„Ich fürchte, hier kommen wir zu spät", sagte der Copilot mit belegter Stimme, und schaltete das Mikrophon ein.

"Schlechte Nachrichten Leute, wir haben einen der Jungs gefunden. Wie es aussieht, ist er tot. Wir suchen jetzt die nähere Umgebung ab, kann ja sein, dass der Wolf den anderen Leichnam irgendwo in die Büsche gezerrt hat."

„Na dann wollen wir mal, sein Freund kann sicher nicht weit sein", schlug er dann vor und begann mit dem Scheinwerfer die nähere Umgebung abzusuchen.
Unmittelbar darauf schlug er entsetzt die Hände vors Gesicht und schrie: „Oh mein Gott, seht euch das an."

Heikos Leichnam lag seltsam verrenkt auf dem Rücken, das bleiche Gesicht stach unwirklich vom Waldboden ab, die Kleidung an Armen und Beinen schien blutgetränkt, doch waren die Gliedmaßen weitgehend intakt. Der Körper jedoch, Bauchraum und Brust schien völlig ausgehöhlt. Keiner der Männer hielt den Anblick länger als ein paar Sekunden aus.

Die Beamten kümmerten sich rührend um die Eltern der Jungs und schlugen ihnen eben vor, sie mit dem Polizeibus zurück ins Dorf zu bringen, als sich der Sprechfunk wieder einschaltete.

„Wir haben den anderen auch gefunden, oder besser, was der Wolf von ihm übrig gelassen hat. Wir können hier nicht landen, aber wir schweben über dem Fundort, bis ihr hier seid.
Noch etwas.
Macht euch auf das Schlimmste gefasst und passt auf, dass vorerst keine Angehörigen etwas mitbekommen."

„Zu spät, Leute. Sie haben vorhin mitgehört."

„Tut mir Leid, verdammt noch mal. Das konnte ich nicht wissen. Dann tut für sie was ihr könnt, aber lasst sie auf keinen Fall hierher."

Die Eltern von Timo und Heiko schüttelte das Grauen. Die beiden Frauen schrien vor Schmerz und Verzweiflung, ihre Männer selbst am Rande des Wahnsinns waren unfähig, ihnen zu helfen.
Der Einsatzleiter wies einen Kollegen an, sofort im Ort seelischen Beistand anzufordern.
Voller Mitgefühl bemühten sich mehrere Polizisten um die Unglücklichen, welche sich taub vor Schmerz, ohne Widerstand in den Polizeibus führen ließen, der sich sofort auf den Rückweg nach Tannberg machte.

Der Einsatzleiter setzte sich in seinen Wagen und schloss für eine Weile die Augen. In seiner dreißigjährigen Dienstzeit war ihm noch nie ein so tragischer Fall untergekommen. Er wünschte sich plötzlich, das alles nur geträumt zu haben.
Doch das aus der Ferne vernehmbare, monotone Dröhnen des über dem Fundort schwebenden Hubschraubers, bestätigte ihm schonungslos die Wirklichkeit dieses Dramas.

Pfarrer Bachus kämpfte um seine Fassung, als ihm die schreckliche Nachricht überbracht wurde mit der Bitte, den Eltern seelsorgerischen Beistand zu leisten.

Heiko und Timo tot.

Das fuhr ihm bis in die Knochen und raubte ihm vor Schmerz fast den Verstand. Nicht nur, dass er bei ihren Eltern die Trauung vollziehen durfte, er hatte auch die zwei Jungs getauft und sie in der Schule unterrichtet. Wie hatte er sich gefreut, als er beide vor ein paar Jahren als Ministranten gewinnen konnte. Von Kindesbeinen an waren sie unzertrennlich, weshalb er sie auch bei den Gottesdiensten immer gemeinsam einteilte. Aber selbst hier musste er ständig auf der Hut sein, dass sie mit ihren Streichen nicht über die Stränge schlugen.

Einmal war Timo „versehentlich" auf Heikos Messgewand getreten, so dass dieser beinahe eine Bauchlandung hingelegt hätte.

Das ganze Kirchenschiff hallte von dem Gelächter der Gläubigen, als er kurzerhand, wie es seine offene Art war, Timo mit einer saftigen Kopfnuss bestrafte, dass dieser mit einem Schmerzensschrei die feierliche Stimmung in der Kirche empfindlich störte.

Und jetzt?

Was sollte er den Eltern sagen? Wie konnte man hier mit Worten noch Trost spenden?

Verzagt und ratlos machte Bachus sich auf den schweren Gang. Unterwegs versuchte er krampfhaft, sich ein paar passende Worte zurecht zu legen und glaubte schließlich, halbwegs gerüstet zu sein.

Doch als er dann die Unglücklichen stehen sah, inmitten all der Helfer, welche sich um sie kümmerten, versagte ihm die Stimme. Er konnte sie nur noch, voll des eigenen Schmerzes, stumm umarmen, wobei er sich der eigenen Tränen nicht schämte.

Doch während sie sich noch tröstend umschlungen hielten, entstand plötzlich eine spürbare Unruhe. Einer der Polizisten tauschte aufgeregt am Funk Informationen aus und ging dann zögerlich auf die Trauernden zu, welche ihm ratlos und irritiert entgegensahen.

Eine unwirkliche, knisternde Stimmung lag in der Luft. Der Beamte war wenige Meter entfernt stehen geblieben und brachte es nicht übers Herz, die für die Eltern teuflisch quälende Nachricht zu überbringen.

Schließlich ging Pfarrer Bachus auf ihn zu.

„Was ist denn? Sie wissen doch etwas. Nun reden Sie schon, verdammt noch mal."

Dann hielt er erschrocken inne, denn er hatte den letzten Satz vor Anspannung laut hinausgeschrien.

Stockend und mit trockener Kehle verkündete der Beamte endlich die freudige und zugleich teuflische Nachricht:

„Einer der Jungs ist noch am Leben".

Bachus schloss die Augen, presste die Lippen schmerzhaft aufeinander und sprach leise vor sich hin: „Großer Gott, was tust du diesen armen Menschen noch alles an? Ist denn das Leid nicht schon groß genug? Musst du sie noch so unsagbar quälen?
Wie soll ich hier noch Trost spenden?"

Ein Schrei ließ ihn herumfahren. Timos Vater hatte einen Schwächeanfall und war zusammengesunken. Irgendwie war er erleichtert, als sich augenblicklich Notarzt und Rettungskräfte um den Bewusstlosen kümmerten, und ihm so das Eingreifen ersparten. Doch während er noch das Geschehen beobachtete, sprach ihn der Übermittler der Hiobsbotschaft flüsternd an.

„Entschuldigen Sie, aber ich hätte eine große Bitte".
Bachus nickte zerstreut.
„Aber sicher, was kann ich für Sie tun?"

„Sie kennen doch bestimmt die Eltern und ihre Jungs persönlich".

„Selbstverständlich. Sie waren doch beide Ministranten in meiner Kirche."

„Die Sache ist die. Der noch lebende Junge steht unter schwerstem Schock. Wir können ihn nicht befragen. Darum brauchen wir jemanden, der uns mit Gewissheit sagen kann, welchem Elternteil er zu zuordnen ist."

„Das heißt im Klartext", erwiderte der Pfarrer gequält, dass ich anschließend die Eltern aufklären darf, welcher..."

„Das müssen Sie nicht, wenn Sie nicht wollen. Es ist zwar für uns auch sehr schwer, aber immerhin leichter, da wir die Leute ja nicht persönlich kennen."

„Bringen wir es hinter uns", sagte der Pfarrer leise und folgte dem Beamten zum Einsatzwagen.
Während der Fahrt überlegte Bachus krampfhaft, wie er die schreckliche Nachricht überbringen sollte.
Doch zu diesem teuflisch eingefädelten Wahnsinn fiel ihm absolut nichts mehr ein und so tröstete er sich damit, das Überbringen dieser Hiobsbotschaft notfalls der Polizei zu überlassen.

Als sie am Ort des Geschehens eintrafen, befiel ihn eine Lähmung, wie er sie nie für möglich gehalten hätte. Die Ansammlung der Polizei- und Rettungswagen, hier mitten im Wald, hatten etwas Unwirkliches und zutiefst Bedrückendes.
Der ihn begleitende Beamte erkannte seine Hilflosigkeit, legte ihm behutsam den Arm um die Schulter und führte ihn langsam zu dem großen Rettungswagen, in welchem sich der Notarzt immer noch bemühte, Timos Kreislauf für den Transport zu stabilisieren.
Bachus starrte wie hypnotisiert auf den schwerverletzten Jungen.

„Timo"!

Ohne dass es ihm bewusst wurde, flüsterte er, wie um ihn nicht zu wecken, den Namen des Jungen, welchen er bald nicht erkannt hätte.

Die Lippen blutleer und die Haut weiß wie Kalk, schien Timo mehr tot als lebend.

Schaudernd wandte sich der Pfarrer ab und tastete zitternd nach dem Türgriff. Draußen lehnte er sich eine Weile an den nächsten Baum, bis ihm einige Meter entfernt etwas Helles auffiel.

Zögernd tappte er darauf zu. Je näher er kam, desto mehr wurde ihm zur Gewissheit, dass hier Heikos Leichnam abgedeckt sein musste.

Gerade, als er sich bückte, um das Tuch wegzuziehen, verließ der Polizist den Rettungswagen und rief erschrocken: „Tun Sie das nicht".

Doch Bachus handelte wie unter Zwang und riss mit einem Ruck die Decke von Heiko weg.

Mit einem gurgelnden Schreckenslaut taumelte Bachus rückwärts und fiel hilflos schluchzend auf die Knie. Inzwischen war der Beamte herbeigeeilt, zog schnell die Decke wieder über den entsetzlich verstümmelten Leichnam und legte dem Geistlichen beruhigend die Hände auf die Schulter.

„Kommen Sie, bitte kommen Sie. Ich bring Sie zum Rettungswagen. Der Arzt wird Ihnen etwas zur Beruhigung geben."

Bachus bemühte sich krampfhaft um Fassung. „Machen sie sich bitte keine Umstände, es geht schon wieder", doch im selben Moment schüttelte es ihn förmlich von dem widerfahrenen Schrecken und seine Beine wollten ihm den Dienst versagen. Zum Glück kamen in diesem Moment die Männer aus dem Rettungswagen und eilten auf die Hilferufe des Beamten herbei.

Während der Rückfahrt ins Dorf lehnte Bachus apathisch im Sitz und sah ins Leere. Der Arzt hatte ihm ein starkes Beruhigungsmittel verabreicht und den Beamten gebeten, ihn in seine Wohnung im Pfarrhaus zu begleiten.
Doch am Pfarrhaus angekommen, weigerte sich dieser auszusteigen und beharrte stur darauf, selbst Heikos Eltern die schreckliche Nachricht zu überbringen.

„Fühlen Sie sich wirklich in der Lage, das durchzustehen?", fragte ihn der Polizist, obwohl er selbst heilfroh war, wenn ihm diese schwere Mission erspart blieb.

„Wie ich mich fühle spielt absolut keine Rolle. Es ist meine verdammte Pflicht, diesen armen Menschen jetzt beizustehen."
Doch als sie den Saal des Gasthauses betraten, kroch eine entsetzliche Angst in ihm empor. Der Lärmpegel von all den Leuten ebbte bei ihrem Eintreten schlagartig ab und ging in leises Gemurmel über. Bachus Augen suchten

umher und als er die Eltern der Jungs etwas abseits entdeckte, wollten ihm schier die Füße versagen.

Mit aller Aufbietung seiner Willenskraft und mit einem Schwindelanfall kämpfend, tappte er darauf zu.

Während er den Blickkontakt schmerzlich nur zu Heikos Eltern hielt, liefen ihm erneut die Tränen über die Wangen und dann umarmten sich die Drei ohne Worte im stillen Verstehen und stummen Schmerz.

Timos Eltern hatten das Geschehen fassungslos und mit Gefühlen zwischen bleierner Angst und zart keimender Hoffnung beobachtet und richteten nun ihre Blicke abwechselnd auf den Polizeibeamten und dann wieder auf die Trauernden.

„Soll das heißen....heißt das etwa,.... dass unser Junge noch lebt"?

Timos Mutter hatte den letzten Satz fast hysterisch geschrien.

Mit einem erschrockenen Blick zu Heikos Eltern gebot ihr der Beamte zu schweigen und führte sie dann nach draußen.

„Der Herr Pfarrer hat den lebenden Jungen mit Timo angesprochen. Dann handelt es sich wohl um Ihren Sohn?"

Timos Vater war am Ende seiner Kräfte und zitterte am ganzen Körper. Die vorige Ohnmacht brachte ihm keine Linderung, denn das Erwachen daraus war umso schmerzlicher. Die Angst um seinen geliebten Sohn, dann die schreckliche Nachricht seines Todes, dieser abgrundtiefe, unbeschreibliche Schmerz und dann die vage Hoffnung, er könnte doch noch am Leben sein.

Das alles war zu viel für den Ärmsten.

Sein Körper rebellierte und bäumte sich auf gegen all diese Qual. Die Knie wurden ihm wieder weich, so dass er sich an seiner Frau abstützen musste, die Zähne schlugen unkontrolliert aufeinander und seine Gliedmaßen zitterten, wie beim schlimmsten Schüttelfrost.

Doch nun fühlte er die innige Umarmung seiner Frau und ihre vertraute Stimme, leise und eindringlich: „Beruhige dich doch. Timo lebt. Unser Junge ist nicht tot, gleich werden wir bei ihm sein."

„Sie bringen uns doch zu ihm, oder?", flüsterte Timos Mutter flehend, ohne ihren Mann loszulassen.

„Aber natürlich. Ich frage nur schnell meine Kollegen, in welches Krankenhaus er gebracht wurde."

Während der Fahrt wurde kein Wort gesprochen. Timos Eltern hatten auf dem Rücksitz Platz genommen. Der Polizist sah hin und wieder im Rückspiegel, wie sich Timos Mutter fürsorglich um ihren Mann bemühte. Sie schien, obwohl selbst am Rande ihrer Kräfte, all ihre restliche Energie zu mobilisieren, um ihrem Mann die notwendige Stütze zu sein.

Der Beamte war Junggeselle. Es hatte nie geklappt, trotz all der Bekanntschaften, die er hatte. Obwohl er sich nichts sehnlicher wünschte als eine Partnerin. Einen Menschen der ihn liebte, der immer für ihn da war und sein Leben mit ihm teilte.

Fast neidvoll beobachtete er die Verbundenheit dieser beiden Menschen, die in solch schweren Stunden das Leid gemeinsam trugen.

Timo war schon im OP, als sie eintrafen. Drei Stunden mussten sie sich gedulden, bis er anschließend auf die Intensivstation gebracht wurde. Monitore überwachten Herz, Kreislauf und Atmung. Immer noch bleich, verkabelt und mit Infusionen versorgt, machte er einen erbarmungswürdigen Eindruck. Doch die Ärzte hatten seinen Eltern vor dem Betreten des Zimmers versichert, dass sein Zustand jetzt stabil sei und er infolge des schweren Schocks und des großen Blutverlustes in erholsamen Schlaf versetzt wurde.

Tief bewegt, die Gesichter von Angst und Schmerz gezeichnet, standen sie, sich an den Händen haltend, vor dem Krankenbett und fühlten wie noch nie, die innige Liebe zu ihrem einzigen Kind.

Seine Mutter flüsterte, als hätte sie Angst, Timo zu wecken.

„Siehst du, er ist nicht tot. Unser Junge lebt." Dankbar und erlöst schmiegte sie sich an ihren Mann und schloss eine Weile die Augen.

Der Polizeibeamte, der alles durchs Schaufenster beobachtet hatte, biss sich auf die Lippen und fühlte seine Einsamkeit stärker denn je.

Die nächsten Wochen glich Tannberg mehr einem Filmstudio als einem verschlafenen Dorf. Reporter diverser TV-Sender belagerten den Ort, belästigten die Einwohner mit ihrer Fragerei und machten in ihrer Gier nach Sensationen nicht einmal vor den Trauernden halt.

Politiker reisten an, stellten sich zur Schau und redeten vor den Kameras dummes Zeug.

Auf Anordnung der Landkreisbehörde wurde der Forst komplett gesperrt. Selbst der Holzeinschlag war bis auf Weiteres untersagt.

Das machte die heimliche Hoffnung der Reporter zunichte, bald „live" über ein neuerliches Unglück berichten zu können, worauf der Großteil von ihnen wieder abreiste.

Das Schlimmste aber war, dass das geplante Naturparkprojekt vorerst „auf Eis gelegt" wurde. Stubecke zitterten in banger Erwartung die Hände, als er den Brief der Landesregierung öffnete. Die Zeilen verschwammen ihm beim Lesen: „Unter den derzeit gegebenen Umständen ist an eine Verwirklichung des Vorhabens nicht zu denken..."

Resigniert ließ er den Brief sinken, ohne ihn fertig zu lesen. Das dürfte böses Blut geben im Ort. Hoffnungen werden zerschlagen und üble Hetze kann auf fruchtbaren Boden fallen.

Er starrte eine Weile vor sich auf den Tisch. Als er wieder aufblickte, fiel sein Blick auf das schwarz gerahmte Erinnerungsbild von Sabine Thiele.

Der Gemeinderat samt Bürgermeister und einigen Dorfhonoratioren traf sich nun jeden Mittwochabend in der „Alten Post." Ernsthafte Hoffnung, dass irgendjemandem noch eine brauchbare Lösung einfiel, hegte aber keiner mehr. Gelegentlich war auch der Förster zugegen, doch er beteiligte sich selten an der Diskussion, saß nur stumm und in sich gekehrt dabei und trank sich den angestauten Frust von der Seele.

Freunde hatten ihm zugetragen, dass Jutta Bönisch überall gegen ihn hetzte und ihm die Hauptschuld gab, da er den Wolf angefahren und verletzt hatte.

Am meisten grämte er sich darüber, dass seine Familie darunter zu leiden hatte, weil diese plumpen Anschuldigungen verschiedene Leute auch noch glaubten. Rita wurde mittlerweile mehrfach massiv angefeindet und mied das öffentliche Leben im Ort, soweit es sich machen ließ.

Deshalb fuhren sie nun alle paar Tage für größere Einkäufe gemeinsam in die nächstgelegene Stadt.

Doch der größte Kummer war, dass sogar Tina schon völlig verweint von der Schule heimkam, da sie von anderen Kindern in der Klasse übel beschimpft wurde.

Anonyme Drohbriefe und Beleidigungen am Telefon kamen noch dazu und zerstörten das einst so glückliche Familienleben restlos. Der leuchtende Stern über dem alten Forsthaus schien am Verlöschen, das selige Gefühl von Heimat und Geborgensein war freudlosem Miteinander gewichen.

Ein Gesuch Rainers an die Oberste Forstbehörde um Versetzung wurde mit der Begründung abgelehnt, dass er sich die jetzige Forstdienststelle an seinem Heimatort ausdrücklich gewünscht hatte, was auch der Wahrheit entsprach.

Rainer war sogar erleichtert, als er den Ablehnungsbescheid bekam, denn er wäre sich bei einem Wegzug irgendwie feige vorgekommen. Aber das hätte er für seine Familie in Kauf genommen.

Darüber, dass auch noch zwei Anzeigen gegen ihn erhoben wurden, konnte er nur noch ungläubig den Kopf schütteln. Die erste war von Jutta Bönisch wegen Tierquälerei, die zweite erstattete ein Naturschutzverband, da der Wolf zu den streng geschützten Tierarten zählt.

All das zermürbte ihn restlos und ließ seine Nerven blank liegen.

Eines Abends, als wieder einmal bedrückendes Schweigen anstelle früherer Ausgelassenheit herrschte, fragte Rita unvermittelt: „Kann es nicht doch sein, dass es ein Fehler war, den Wolf anzufahren?"

Rainer sah sie einen Moment fassungslos an, doch dann begann er unvermittelt zu Brüllen und Toben, dass Rita und die Kinder zu Tode erschraken.

„Bist du wahnsinnig geworden? Fällst du jetzt auch noch über mich her? Ja wen habe ich denn noch, wenn nicht einmal mehr meine eigene Frau zu mir hält?"

Rita starrte ihn an und wusste nicht wie ihr geschah. Ihre Augen füllten sich langsam mit Tränen der Enttäuschung und ihre Gedanken überschlugen sich.

Noch nie hatte sie von ihm ein böses Wort gehört. Seit sie sich kannten, war er liebevoll und zärtlich zu ihr, wie nie vorher ein Mensch in ihrem Leben.

Nie hätte sie es für möglich gehalten, dass Rainer sie dermaßen anbrüllen würde. Sie nahm die von Rainers Wutausbruch eingeschüchterten Kinder an den Händen und verließ still das Zimmer.

Wütend auf sich selbst und auf das ganze verlogene Gesindel, das gegen ihn und seine Familie hetzte, verließ Rainer das Haus und kehrte erst spätnachts völlig betrunken wieder heim.

Ab diesem Vorfall verliefen die Tage nur noch in quälender Schweigsamkeit. Am meisten jedoch litt Tina. Sie, die wie alle Mädchen ihren Vater innig liebte, verstand die Welt nicht mehr. Sein verändertes Wesen quälte sie zutiefst. Selbst Basti war, obwohl er das alles nicht verstand, merklich stiller geworden.

Nach langem Drängen der Forstbehörde wurde die Wiederaufnahme der Waldbewirtschaftung versuchsweise wieder gestattet. Allerdings unter der Auflage, dass vorrangig Holzerntemaschinen, sogenannte Harvester eingesetzt wurden. Soweit Personal erforderlich war, durfte dieses nur in größeren Gruppen und unter ständiger Bewachung von bewaffneten Jagdschutz Organen eigesetzt werden. So hoffte man, ein erneutes Unglück hundertprozentig ausschließen zu können.

Nachdem der Forstbetrieb einige Wochen ohne Zwischenfälle lief, mehrten sich die Stimmen, das Betretungsverbot des Waldes wieder aufzuheben.
Vor allem im Gasthaus wurde dieses Thema gerne und oft auch heißblütig diskutiert. Sigmar Schwesig meinte feixend, man solle den Forst probeweise drei Monate für alle „Zugezogenen" freigeben, dann sehe man weiter. Rolf Tiede, einer der Neubürger, welcher am Nachbartisch saß, drehte sich um und entgegnete aufgebracht, Schwesig könne unbesorgt zum Pilze sammeln gehen, denn so wie er stinkt, nehme selbst der Wolf Reißaus.

Im selben Moment sprang dieser auf und packte Herrn Tiede am Hemdkragen, dass diesem augenblicklich die Luft wegblieb. Nur dem sofortigen Eingreifen Schröters war es zu verdanken, dass sich die Situation wieder halbwegs entspannte.

Gottseidank war ausgerechnet heute Stubecke abwesend, so dass ihm die Entgleisungen und gegenseitigen „Liebesbezeugungen" erspart blieben.

Pfarrer Bachus sah verwundert auf, als die Hausglocke anschlug. Das war ungewöhnlich zu so später Stunde. Er hatte sich eben noch in den Abendnachrichten über, wie er es nannte: „die zunehmende Verblödung der Menschheit" geärgert und sich zur Beruhigung seiner Magennerven ein „Rümelanger Pils" eingeschänkt, als ihn der satte Gong der Glocke aus seiner Grübelei riss.

Da seine Haushälterin heute ihren „Frauenkränzchentag" hatte, ging er selbst die Haustüre öffnen und war nicht wenig erstaunt, als Bürgermeister Dieter Stubecke vor ihm stand und sich sogleich für die späte Störung entschuldigte. „Lieber Heinrich, ich weiß zwar, dass du nicht mit den Hühnern ins Bett gehst, aber es ist trotzdem ungehörig, zu solch später Stunde noch zu stören."

Bachus war ein Menschenkenner. Er fühlte die Bedürfnisse, die Sorgen und Nöte seiner Schäfchen auch ohne große Worte. Mit Stubecke verband ihn von je her eine wohltuende, innere Aura. Sie mochten und schätzen sich beide und anlässlich einer Feierlichkeit boten sie sich zu späterer und angeheiterter Runde das „Du" an.

Nur in der Öffentlichkeit blieben sie „der Leute wegen" beim „Sie". Deshalb nahm er seinem späten Besucher vorweg alle Hemmungen, indem er ihn ebenfalls freudig und zwanglos begrüßte und ihm dabei die Hand reichte.

„Guten Abend Dieter, das ist aber schön von dir, dass du mal auf einen Tratsch vorbeischaust."

Stubecke schlug erleichtert ein und überreichte Bachus gleichzeitig eine Packung mit dessen Lieblings Zigarillos.

Überrascht nahm dieser das Geschenk entgegen. „Aber du brauchst dich doch nicht in Unkosten stürzen, wenn du deinen Pfarrer mal zum Klönen aufsuchst."

„Woher weißt du denn, dass ich nur zum Klönen komme?"

„Na, getauft bist du doch schon und Beichten wirst du um diese Zeit kaum wollen. Aber jetzt erstmal rein mit dir."

Das Arbeitszimmer des Pfarrers glich einer chaotischen Junggesellenbude. Auf dem Tisch stand das eben eingeschänkte Pils. Bachus griff sich das Glas mit der herrlichen Schaumkrone und betrachtete es gegen das Licht. Dann leerte er es in einem Zug und nickte anerkennend.

„Rümelanger Pils. Nicht schlecht. Aber für dich muss schon ein edlerer Tropfen auf den Tisch."

Stubecke versuchte der Form halber zu protestieren.

„Mach dir doch meinetwegen keine Umstände..."

„Bin gleich wieder hier", unterbrach ihn Bachus und machte sich auf den Weg in seinen Weinkeller. Als er zurückkam, hatte er zwei alte, verstaubte Flaschen Rotwein dabei. Bedächtig reinigte er sie mit einem Tuch. Zehn Jahre alt. Heroldrebe aus der Pfalz. Das ist ein ganz erlesener Tropfen.

„Wie sagte schon Wilhelm Busch so treffend: Rotwein ist für alte Knaben, eine von den besten Gaben."

Während der anschließenden Zeremonie des Entkorkens, dem Verkosten und schließlich dem feierlichen Füllen der Gläser schwiegen beide. Als dann der edle Rote in den Gläsern funkelte, stießen sie feierlich an.

„Zum Wohl, lieber Freund. Ich hoffe, dass das nicht dein letzter Besuch bei mir ist. Du bist mir immer willkommen."

„Du wirst mich noch verwünschen, spätestens, wenn dein Weinvorrat zur Neige geht", erwiderte Stubecke lächelnd.

Bachus aber blieb ernst und blickte sinnend auf das Glas in seiner Hand. „Einen Weinkeller kann man mit Geld auffüllen, aber ehrliche Freundschaft lässt sich mit keinem Geld der Welt kaufen."

Dann tranken sie bedächtig und ließen den kostbaren Tropfen auf der Zunge zergehen. Nach einer Weile des Schweigens, in der jeder seinen Gedanken nachhing, nahm Bachus den Faden wieder auf, da er sorgenvoll beobachtete, wie der Kummer das kurze Behagen in den Gesichtszügen seines Gastes wieder verdrängte.

„Du brauchst mir nichts zu erzählen, Dieter. Ich weiß auch so, wie es in dir ausschaut. Dich macht die Sorge um den Ort und seine Leute halb verrückt. Du fühlst dich verantwortlich für alles Unheil, das die letzten Jahre und vor allem derzeit über Tannberg hereinbricht."

Stubecke sah zu Boden und nickte kaum merklich.

„Aber glaub mir. Kein Mensch macht dich für das ganze Schlamassel verantwortlich. Was kannst denn du dafür, dass alles hier immer mehr am Tropf hängt. Du zerreißt dich doch seit Jahren für jede Möglichkeit zur Besserung."

„Ja, und dann zeigt sich endlich ein zarter Silberstreif am Horizont..."
Stubecke schüttelte unmerklich den Kopf. „Dieser Natur- und Erlebnispark hätte eine Wende eingeleitet. Ganz sicher. Dann muss dieser dreimal verdammte Wolf hier auftauchen und alles wieder zunichtemachen.
Wenn ich bloß an Sabine denke..."

„Ich kann dir das nachfühlen, Dieter." Bachus schwieg eine Weile und sah sinnend in´s Leere, ehe er weiterredete.

„Was glaubst du, wie es in <u>mir</u> aussieht. Drei schlaflose Nächte habe ich durchgeheult wie ein kleiner Junge. Ich hab das schreckliche Bild von Heiko nicht mehr aus dem Kopf bekommen, diesen halb aufgefressenen Leichnam..."

Er schlug plötzlich die Hände vors Gesicht und versuchte, seine Gefühlswallung nieder zu kämpfen.

Dieter starrte ihn erschrocken an und wusste im Moment nichts zu entgegnen. Deshalb legte er ihm mitfühlend eine Hand auf die Schulter.

Doch Bachus hatte sich schon wieder halbwegs gefangen und redete stockend mit belegter Stimme weiter.

„Weißt du, ich hab die Bengels getauft und gefirmt. Was hab ich mich gefreut, als sie mir ihre Dienste als Ministranten anboten. Sie waren für mich wie eigene Kinder."

Er zog ein Taschentuch hervor und schnäuzte sich verlegen.

„Und frag mich jetzt bitte nicht, wie Gott so etwas zulassen kann. Darüber habe ich mir selbst schon das Gehirn zermartert."

Ungewollt laut und heftig setzte er nach:

„Zum ersten Mal, seit ich ein Diener Gottes geworden bin, habe ich ernstlich mit ihm gehadert."

„Wenigstens lebt Timo noch", versuchte Stubecke ihn ein wenig zu trösten.

„Wenn er es denn wegsteckt. Da hab ich schwere Bedenken. Ich befürchte, dass der arme Junge einen Knacks für sein ganzes Leben weg hat."

Dann füllte er die Gläser neu.

Es wurde spät an diesem Abend.
Viele der drängenden Probleme im Ort wurden durchgekaut und nach eventuellen Abhilfen gesucht. Vor allem Schröters „Alte Post" bereitete ihnen schwere Sorgen. Längst waren sie bei der zweiten Flasche und Beiden tat es gut, sich die Sorgen einmal restlos von der Seele zu reden.
Dann kamen sie noch auf den Förster zu sprechen. Es war mittlerweile ein offenes Geheimnis, dass er und seine Familie durch üble Intrigen und Hetzerei schwer zu leiden hatten.
Sie waren sich einig, dass einer von ihnen hingehen sollte, um Rainer und seiner Frau zu versichern, dass alle vernünftigen Leute im Dorf zu ihnen hielten. Nach einigem, alkoholisch erwärmten `Für und Wider`, wer denn der Richtige sei, kamen sie endlich auf die glorreiche Idee, den Besuch gemeinsam zu machen.

Die alte Standuhr schlug Mitternacht, als Bachus den Rest der zweiten Flasche in ihre Gläser leerte. Sie schwiegen eine Weile und tranken dann das letzte Glas mit echtem Genuss.

Der Bürgermeister erhob sich und reichte dem Pfarrer die Hand. „Ich danke dir für den Abend und für deine Gastfreundschaft. Ich wüsste nicht, wem ich sonst mein Herz ausschütten könnte."

Bachus sah ihm offen ins Gesicht und schüttelte unmerklich den Kopf.

„Ich habe <u>dir</u> zu danken, Dieter. Was glaubst du, wie einsam du als Pfarrer inmitten deiner Gemeinde in Wahrheit bist und was ich mir zudem die ganze Woche für einen Seich von so bigottischen Betschwestern anhören muss.

Da ist es eine Wohltat, einmal ein paar Stunden mit einem vernünftigen Menschen klönen zu dürfen."

Sie trennten sich mit dem Vorsatz, in Zukunft des Öfteren einen „gepflegten Herrenabend" einzulegen.

Eine Zeitlang konnte sich Schröter der trügerischen Hoffnung hingeben, dass es mit seinem Gasthaus wieder aufwärts ginge. Die Sensationsgier spülte immer noch Fremde ins Dorf, vor allem an den Wochenenden herrschte Hochbetrieb in den alten Gemäuern seiner Herberge. Bei solchen Umsätzen war das Begleichen der laufenden Wechsel eine Spielerei. Doch mit den Wochen, da sich keine neue Tragödie mehr zutrug, erlosch auch das Interesse der Allgemeinheit.

Die Stille hielt wieder Einzug in die alten Gemäuer und der Niedergang krallte sich an ihnen fest wie ein Geschwür.

Für Schröter war diese Entwicklung der letzte Akt in dem Drama um seinen Betrieb. Der Profit des   kurzen

Aufschwungs schwand dahin, als er Woche um Woche frische Vorräte bereithielt, die er wegen ausbleibender Kundschaft dann doch entsorgen musste.

Schließlich trat ein, was Gerd seit Jahren befürchtet hatte und ihm seither unzählige schlaflose Nächte beschert hatte. Er konnte seinen finanziellen Verpflichtungen nicht mehr nachkommen.

In einer herzergreifenden Aussprache mit seinem Personal musste er sie bitten, sich baldmöglichst um einen anderweitigen Arbeitsplatz umzusehen, da sein alter Familienbesitz nicht mehr zu halten war.
Einige seiner Leute arbeiteten schon Jahrzehnte im Haus und fühlten sich hier wohl, da Schröter seine Mitarbeiter achtete und immer gut behandelte.
Sie waren wie eine große Familie. Selbst in Stoßzeiten, wenn alles drunter und drüber ging, gab es keinen Streit und man setzte sich jedes Mal, wenn der Ansturm zur Zufriedenheit Aller bewältigt war, gemütlich auf einen Umtrunk zusammen.
Dementsprechend emotional verlief die Aussprache. Die zwei Bedienungen waren verzweifelt und hatten nasse Augen.
Der Koch, seit über dreißig Jahren im Hause, flehte ihn an: „Wo sollen wir denn hin, Gerd? Wir bekommen hier doch nirgends Arbeit."

„Leute, macht es mir nicht noch schwerer", entgegnete dieser mit stockender Stimme. Was glaubt ihr, wie weh es mir tut, dass wir uns trennen müssen. Ihr wart für mich nie bloß Personal, sondern Mitglieder meiner Familie und ich glaube, das wisst ihr auch. Aber jetzt ist der Betrieb am Ende. Wir haben mehr Ausgaben als Einnahmen. Nur ein Wunder kann uns noch retten."

„Könnte uns denn nicht ein Kredit weiterhelfen, bis das Geschäft wieder besser läuft", fragte der Koch mit einem Anflug von Hoffnung.
Gerd schüttelte nur traurig den Kopf. „Ich hab schon mehrmals vorgesprochen bei der Bank. Ich bekomme nichts mehr. Auf dem Betrieb lasten durch den ständigen Investitionsdruck wegen immer neuer Auflagen jetzt schon enorme Schulden. Eine neuerliche Belastung würde alles nur mehr verschlimmern."

Lisa, das neue Küchenmädchen schüttelte unvermittelt ein heftiger Weinkrampf.
Sie war erst ein halbes Jahr in der „Alten Post" und hatte sich vorher bei zahlreichen Betrieben beworben, doch da sie keinen erlernten Beruf vorweisen konnte, nur Absagen erhalten.
Sie war glückselig, als Schröter sie einstellte, denn als alleinerziehende Mutter wusste sie kaum über die Runden zu kommen. Und mit jedem Arbeitstag in der „Alten Post" kehrte ihr Selbstwertgefühl zurück. Sie fühlte sich hier

geachtet und gab sich alle erdenkliche Mühe, es ihrem Chef und den Arbeitskollegen Recht zu machen.

Dass sie nun diesen Platz, der ihr so viel bedeutete, wieder verlieren sollte, konnte sie einfach nicht fassen und verarbeiten.

Obwohl Jochens Frau selbst mit den Tränen kämpfte, nahm sie Lisa in die Arme und versuchte diese zu trösten.

Der Koch wagte einen neuerlichen Vorschlag. „Gerd, wenn es dir was bringt,...ich glaube, jeder von uns wäre bereit, für weniger Lohn zu arbeiten."

Alle Anwesenden nickten sofort zustimmend.

„Holger, das ist wirklich ein feiner Zug von euch, aber die Personalkosten sind das kleinste Problem. Ich kann ganz einfach bei dem miesen Umsatz die enorme Schuldenlast nicht mehr bewältigen. Du weißt doch selbst, was ich allein in die Sanitäranlagen und den Brandschutz investieren musste. Die Ämter machen einem heutzutage die kostspieligsten Auflagen und fragen nicht, ob das der Betrieb überhaupt hergibt."

Er sah eine Weile stumm vor sich auf den Tisch und sagte dann leise: "Wenn der schlimmste Fall eintritt, wird alles versteigert und ich steh mit meiner Familie auf der Straße."

In einem plötzlichen Anflug von Verzweiflung und Wut schlug Schröter mit der Faust auf den Tisch, dass alle erschrocken zusammenfuhren. Dann presste er seine bebenden Lippen aufeinander und schloss eine Weile die Augen, um seiner Gefühlswallung Herr zu werden.

Als er sich schließlich wieder etwas gefasst hatte, sprach er leise: „Wie ich schon sagte, Holger. Nur ein Wunder kann uns noch retten."

Niemand wagte noch ein Wort zu sagen. Nur Holger legte ihm mitfühlend seine Hand auf die Schulter.
„Gerd, ich glaube, ich war schon ein paar Jahre nicht mehr in der Kirche. Aber nächsten Sonntag geh ich und bete um das Wunder."

Nicht weit von Tannberg, in Betzendorf, einer der Nachbargemeinden, befand sich eine, vor allem an den Wochenenden immer gut besuchte Disko. Natürlich war auch hier bei den Jugendlichen der „Mörderwolf" Thema Nummer eins.
An einem Freitagabend lungerten Alex und Bert wie üblich an der Bar herum, als Evi, welche hier bediente, das Gespräch auf den letzten Unglücksfall mit den beiden Jungs brachte.
„Nicht mal in einem Panzer würde ich zur Zeit in diesen verfluchten Wald fahren", sagte Evi so nebenbei. „Ich bekomme schon Schweißausbrüche, wenn ich bloß an das Vieh denke."
„Ach was", warf Alex ein. „Dieser verdammte Köter bekäme von mir einen solchen Tritt an seine dämliche Schnauze, dass ihm das Zubeißen für alle Zeit verginge."
Evi bedachte ihn mit einem mitleidigen Blick.

„Mach mal halblang, Kleiner. Ich mach dir einen Vorschlag. Du bekommst ab sofort bei mir nur noch heißen Kaba mit viel Zucker. Wenn deine „Muckis" dann kräftig genug sind, kannst du deinen Mut ja mal an einem Meerschweinchen messen. Dich mit einem Wolf anzulegen, kannst du dir aus dem Kopf schlagen. Der frühstückt so etwas wie dich, bevor du Piep sagen kannst."

Alex war vom Wuchs her eher klein, hatte aber eine gute Figur und war vor allem eine totale Sportskanone. Seine geringe Körpergröße wurmte ihn selbst ungemein. Deshalb sah er von Haus aus Rot, wenn ihn jemand „Kleiner" nannte. Darum hatte er schon eine wütende Antwort auf der Zunge, besann sich aber noch und drehte ihr unhöflich einfach den Rücken zu.

Evi war bekannt für ihr lockeres Mundwerk, aber diese beleidigende Einlage eben wurmte ihn innerlich ungemein. Natürlich hatten einige der Umstehenden, darunter auch Lisa, die er heimlich verehrte und wegen der er im Grunde genommen so dick aufgetragen hatte, Evis Spott mitgehört. Das wurmte ihn am allermeisten.

„Lass dich doch von dieser boshaften Gans nicht ärgern", raunte Bert ihm zu. „Komm, wir verziehen uns und gluckern noch ein kleines Bierchen an der Tanke."

Alex konnte sich nicht verkneifen, noch einen wütenden Blick Richtung Evi zu werfen, welche den beiden Jungs nun doch etwas betroffen nachsah.

Im Umdrehen blickte er noch kurz zu Lisa. Als sich ihre Blicke trafen, glaubte Alex in ihren Augen Sorge und Zuneigung zu erkennen. Einen Augenblick war er versucht, einfach hinzugehen und ihr seine Gefühle für sie zu gestehen. Doch dann verließ ihn wieder der Mut und er eilte zu Bert, der schon an der Türe wartete.

Als sie ins Freie traten, kam ihnen Klaus, einer ihrer Kumpel entgegen. Er war überrascht, dass die Beiden schon gingen.

„Was ist denn mit euch los? Macht ihr etwa schon schlapp heute?

„Keineswegs", entgegnete Alex forsch. Wir machen jetzt noch einen kleinen Abstecher in den Tannberger Forst."

Bert fiel förmlich die Kinnlade nach unten. Entgeistert starrte er seinen Freund an.

„Komm Alex, mach jetzt bloß keinen Blödsinn, wegen dieser dämlichen Zicke."

Aber Alex blieb stur.

„Ihr müsst ja nicht mitkommen. Ich jedenfalls fahre jetzt."

Damit marschierte er auch schon los. Bert klopfte Klaus auffordernd an den Oberarm.

„Komm mit. Unser Kumpel ist dabei, sich wieder mal selbst Schwierigkeiten zu machen. Passen wir besser auf ihn auf."

Während der Fahrt versuchten Klaus und Bert, ihren Freund zur Vernunft zu bringen, doch dieser schwieg beharrlich, bis sie vor einer Absperrung standen. Alle Zufahrten zum Forst waren durch reflektierende Warnbänder und Verbotstafeln gesichert.

Alex stieg kurzerhand aus, riss das Band ab und warf die Verbotstafel zur Seite. Dann fuhr er geradeaus noch einige hundert Meter in den Forst, stellte den Motor ab und starrte durch die Frontscheibe.

„Und, was jetzt weiter", stieß Klaus fast ein wenig zornig hervor, während Bert sichtlich nervös in die Dunkelheit starrte.

„Ich geh jetzt joggen, ihr wartet hier solange."

Die beiden starrten ihn entsetzt an. Dann aber überschütteten sie Alex mit Vorwürfen.

„Du bist wohl komplett verrückt geworden", schrie Bert außer sich vor Wut. „Wegen diesem gehässigen Luder willst du dein Leben riskieren? Auf der Stelle fährst du zurück."

„Kapierst du denn nicht, dass du uns in diese Scheiße mit hineinziehst? Wenn dir was passiert, bleibt alles an uns hängen", hielt ihm Klaus vor.

„Tut mir Leid, Jungs, aber in diesem Fall kann ich nicht anders." Blitzartig verließ Alex das Auto und verschwand in der Dunkelheit.

Seine Freunde sprangen nun ebenfalls ins Freie und brüllten ihm nach, er solle sofort zurückkommen, zogen sich aber schnell wieder ins sichere Auto zurück.

„Ich hab's", rief Klaus plötzlich. „Fahr ihm doch einfach nach.

„Verdammt nochmal, wieso ist dir das nicht eher eingefallen?" Wie ein Wiesel rutschte Bert auf den Fahrersitz, erstarrte aber, als er den Motor starten wollte.

„Er hat den Schlüssel abgezogen. Jetzt sitzen wir schön in der Patsche."

Lisa kam fast immer mit ihrer Freundin in die Disko. Die Jungs stellten ihr zwar bei jeder Gelegenheit nach, doch bis jetzt hatte sie noch nie das gewisse Kribbeln verspürt. Vor allem die Sorte Verehrer, die sich für unwiderstehlich hielten, konnte sie nicht ausstehen und für oberflächliche Liebeleien war sie ohnehin nicht zu haben.
Doch bei Alex würde sie schwach werden. Das wusste sie. Er hatte so eine gewisse Ausstrahlung, welche Treue und Verlässlichkeit versprach. Seine begehrlichen Blicke erzeugten bei ihr jedes Mal leichtes Herzklopfen, weshalb sie ihm durch ein scheues Lächeln schon mehrmals signalisiert hatte, dass sie durchaus nicht abgeneigt wäre. Trotzdem hatte er bis jetzt nicht den Mut aufgebracht, sie anzusprechen.

Das beleidigende Geschwätz von Evi hatte Lisa genau verstanden, aber um ihn nicht noch mehr in Verlegenheit zu bringen, hatte sie so getan, als ob sie nicht hingehört hätte.
Jetzt, wo er so überstürzt die Disko verlassen hatte, war sie ratlos und überlegte, was das bedeuten könnte. Und dann, ganz spontan, kam ihr ein schrecklicher Verdacht. Er wird doch nicht so verrückt sein, und seinen Mut beweisen wollen.

Nachdem sie auf dem Parkplatz seinen Wagen nicht mehr fand, stieg sie ohne Zögern in ihren Mini und fuhr los.

Von Betzendorf führte eigentlich nur eine Straße Richtung Tannberg. Kurz vor dem Ort zweigte eine Nebenstraße ab direkt in den Tannberger Forst, welcher sie bangen Herzens folgte. Als Lisa das zerrissene Absperrband sah, fühlte sie vor Schreck ihr Herz pochen.

Entschlossen trat sie das Gaspedal durch und raste mit aufgeblendeten Scheinwerfern die Forststraße hinunter.

Bert und Klaus waren ratlos. Ihre Stimmung schwankte zwischen Angst und allmählich aufkommender Wut auf Alex, dass er sie in diese fatale Situation gebracht hatte. Alle Überlegungen liefen sich auf das gleiche hinaus. Sollte Alex etwas zustoßen, saßen sie hier fest. Aussteigen und zu Fuß durch den Wald gehen, würden sie nicht. Irgendwann würde schon jemand kommen.

Plötzlich gab es beiden einen Riss. Von hinten näherte sich offensichtlich mit hoher Geschwindigkeit ein Fahrzeug, die Straße wurde in grelles Licht getaucht, der Wagen näherte sich rasend schnell und kam dann mit einer Vollbremsung direkt neben ihnen zum Stehen. Im nächsten Moment wurde die Türe aufgerissen, Lisa stand da und brüllte: „Bist du verrückt geworden, Al...?"

Im selben Augenblick, da ihr gewahr wurde, dass nur Bert und Klaus im Wagen waren, versagte ihr die Stimme. Heiser flüsterte sie: „Wo ist Alex?"

Als Bert ihr in knappen Sätzen das ganze Fiasko schilderte, stammelte sie in einem Anflug von Verzweiflung: „Oh mein Gott", sprang in ihr Auto und jagte mit aufheulendem Motor davon.

Je weiter sich Alex von seinen Freunden entfernte, desto mulmiger wurde ihm zumute. Vor allem die völlige Finsternis machte ihm schwer zu schaffen. Die Waldstraße war zeitweise nur als halbwegs helles Band erkennbar, dort aber, wo Laubbäume den Weg säumten, deren dichte Kronen sich über ihm schlossen, war die Dunkelheit vollkommen. Obwohl er sich alle Mühe gab, nicht an die Bestie zu denken, sprangen ihn doch immer wieder die schrecklichen Medienberichte an und eine zerrende Angst wollte pulsartig in ihm hochquellen. Um sich abzulenken versuchte Alex abzuschätzen, wie weit er wohl schon vom Wagen entfernt sein könnte.

„Einen halben Kilometer bin ich sicher schon gelaufen, das sollte reichen. Ich mach jetzt besser kehrt."

Er gönnte sich keine Verschnaufpause als er den Rückweg antrat.

Alex fühlte jetzt plötzlich eine kribbelnde Angst, die sich vom Nacken über den ganzen Rücken ausbreitete, denn der Irrsinn, den er hier veranstaltete, kam ihm immer deutlicher zum Bewusstsein. Der Gedanke, dass dieser Wolf jetzt vielleicht schon in seiner Nähe war, krallte sich immer drängender in seinen Gedanken fest, so dass er allmählich in Panik geriet.

Aus seinem gleichmäßigen Tritt wurde jetzt immer mehr ein Rennen, eine kopflose Flucht, ein Lauf um Leben und Tod.

Der Wolf war zu weit entfernt, um das Motorengeräusch des Autos zu vernehmen. Aber das heftige Zuschlagen der Türe und die lauten Rufe von Bert und Klaus drangen doch an sein Ohr. Nur ganz schwach, aber es genügte, dass er den Ursprung der Stimmen lokalisieren konnte und seine Schritte in diese Richtung lenkte.

Als er dort angekommen die Umrisse des Wagens erkannte, zog er die Lefzen hoch und knurrte bedrohlich. Dessen Gefährlichkeit steckte ihm unvergesslich in den Knochen, seit ihn der Förster angefahren hatte.

Im nächsten Moment aber wehte ihm ein schwacher Hauch von der Forststraße entgegen und seine Rückenhaare sträubten sich.

Hier roch es eindeutig nach Mensch.

Behutsam, immer in Deckung des Waldrandes, folgte er der Spur.

Lisa jagte den Motor auf höchste Touren. Eine innere Stimme sagte ihr, dass sie Alex jetzt beistehen muss.

Jedes Mal hatte sie ihm auf seine scheuen, begehrlichen Blicke ein aufmunterndes Lächeln geschenkt. Doch der dumme Junge fand den Mut einfach nicht.

Aber wenn das hier vorüber war und gut ausgeht, würden sie für immer zusammengehören. Dessen war sich ganz sicher.

Im nächsten Moment sah sie Alex.

Erst nur schemenhaft an der äußersten Reichweite des Fernlichtes. Als sie vom Gas ging und das Fernlicht ausschaltete, um ihn nicht zu blenden, pochte ihr Herz plötzlich wie wild.

Was, wenn er über ihre Einmischung zornig wurde?

Aber nein, das war doch gänzlich ausgeschlossen.

Lisa schaltete kurz das Fernlicht wieder ein. Er war jetzt noch höchstens hundert Meter entfernt. Aber was hatte er denn? Das war doch kein Joggen.

Alex rannte wie von tausend Teufeln gejagt.

Der Wolf war der Spur schon einige Zeit gefolgt, als er durch die Erschütterungen im Boden spürte, dass irgendetwas rasch auf ihn zukam. Er schlich ganz an den Rand der Straße und lauerte dort unter den tiefen Ästen der Randfichten. Als er Alex gewahrte, begannen seine Lefzen in Erwartung leichter Beute zu vibrieren. Ganz flach presste er sich auf den Boden. Als Alex auf seiner Höhe war, schnellte er sich los.

In dem Moment, da Lisa wieder abblendete, sah sie einen riesigen, grauen Wolf, der sich mit einem mächtigen Satz auf Alex stürzte, so dass beide zu Fall kamen.

Lisa schrie wie von Sinnen, trat das Gaspedal wieder durch und drückte dabei unbewusst gleichzeitig ihre Hupe.

Der Wolf hatte Alex durch dessen schnellen Lauf nur im Beckenbereich zu fassen bekommen. Doch im nächsten Moment, da er nachfassen und einen tödlichen Biss anbringen wollte, wurde er Lisas Auto gewahr, das sich mit lärmender Hupe rasend schnell näherte und jetzt, direkt bei ihm, eine Vollbremsung hinlegte. Das war zu viel für ihn. Augenblicklich flüchtete er in die nächste Deckung. Hier verharrte er und beobachtete die weitere Entwicklung.

Lisa stürzte aus dem Wagen, warf sich laut aufschluchzend neben den Jungen, welcher schwerstverletzt kein Lebenszeichen mehr von sich gab und flehte ihn an.

„Alex, Alex, wach auf. Du bist in Sicherheit. Ich bin doch bei dir."

Der Wolf war nur wenige Meter entfernt, starrte fiebernd vor Mordlust auf Lisa und seine „Beute", wagte jedoch im Moment, wegen dem Auto mit dem noch laufenden Motor, keinen weiteren Angriff.

Alex hatte durch den Aufprall und den Schock des Angriffs das Bewusstsein verloren.

Lisa bemühte sich trotz aller Panik zu ruhiger Überlegung und zog dann mit zittrigen Fingern ihr Handy hervor.

„Bitte lieber Gott, lass mich hier mitten im Wald einen Empfang haben", flüsterte sie unbewusst vor sich hin und war wie erlöst, als sie sofort Verbindung hatte.

Der Mann in der Notrufzentrale zwang sie durch ruhige und präzise Fragen zu klaren Antworten und versicherte ihr, sofort Rettungsdienst und Polizei loszuschicken.

Dann bettete Lisa seinen Kopf in ihren Schoß, streichelte ihn liebevoll und wartete. Die Zeit verrann, während Lisa betete, dass das alles gut enden möge, denn ihr war vollkommen bewusst, dass der Wolf vielleicht noch ganz nah war und sie beide in höchster Lebensgefahr schwebten. Als sie sich dann wieder hinabbeugte und zärtlich auf den Bewusstlosen einredete, schlug dieser plötzlich die Augen auf und starrte sie ungläubig an.

„Lisa, liebe Lisa, wie... kommst denn du hierher?

„Frag jetzt nicht, bleib ganz ruhig liegen. Der Rettungsdienst wird gleich hier sein."

Urplötzlich zuckte in ihm die Erinnerung hoch und er schrie in panischer Angst um sie.

„LISA, DER Wolf, BRING DICH IN SICHERHEIT."

Als das Mädchen ihn nur anlächelte und weiter zärtlich seine Wangen streichelte, begann er zu betteln und zu flehen. „Bitte, bitte, geh ins Auto und lass mich hier. Der Wolf kann doch noch in der Nähe sein."

Lisa schüttelte langsam aber entschieden den Kopf, schob ihm fürsorglich noch eine Hand unter den Nacken, damit er es etwas bequemer hat, mit der anderen Hand wischte sie ihm den Schweiß von der Stirn.

"Vorschlag abgelehnt, ich lass dich hier nicht allein."

„Dann nimm mich doch mit", bettelte er leise und sichtlich geschwächt.

Lisa hatte anfangs kurz nach seiner Verletzung geschaut, aber gleich vor Entsetzen den Blick wieder abgewendet. Die Hüfte und ein Fuß waren völlig blutgetränkt.

Als Alex sie erneut anflehte, wagte sie ihm zuliebe einen Versuch. Sie griff ihm von hinten unter den Armen durch, verschränkte vorne ihre Hände und zog ihn unter Aufbietung all ihrer Kräfte halbwegs in die Höhe. Alex versuchte mitzuhelfen, doch der Schmerz raubte ihm fast erneut das Bewusstsein. Als Lisa mit ihm kurz vor dem Wagen war, blickte sie zufällig auf die Straße. Im selben Moment gefror ihr das Blut in den Adern.

Dort, keine zehn Meter entfernt, stand der Wolf und starrte sie mit hochgezogenen Lefzen, drohend das Gebiss zeigend, an. Dann begann er langsam und zögerlich, Schritt für Schritt, in ihre Richtung zu schleichen.

Alex hielt vor Schmerz die Augen geschlossen, bemerkte jedoch plötzlich, dass Lisa verharrte und am ganzen Körper zu zittern begann. Als er die Augen öffnete, sah er den Wolf. Fünf Meter mochten sie noch trennen.

Doch im nächsten Moment ging ein Ruck durch den grauen Räuber. Er verharrte auf der Stelle, wurde wie zu Sprung ganz nieder und wandte sich schließlich widerwillig von seiner sicheren Beute ab.

Im gleichen Augenblick hörten auch Alex und Lisa die näherkommende Geräuschkulisse der Martinshörner von Polizei und Rettungsdienst.

Dann sanken sie nieder, umarmten sich glückselig und schämten sich nicht ihrer Tränen.

Stubecke saß in seinem Dienstzimmer im Gemeindeamt und haderte mit seinem Schicksal. Dieser Tag hatte es wieder einmal in sich. Er war gegen zehn Uhr abends ins Bett gegangen, als dann, kurz vor Mitternacht die Hiobsbotschaft von dem schwerverletzten Jungen seine Nachtruhe beendete. Das fehlte gerade noch, dass sich Jugendliche zu solch irrsinnigen Mutproben hinreißen ließen. Wenigstens lebt der Junge noch.

Und eben war zu allem Überfluss noch die Nachricht von Schröters endgültiger Insolvenz eingegangen. Er konnte es nicht fassen. Bald zehn Jahre war er schon Bürgermeister von Tannberg und die ganze Zeit ging es langsam und stetig bergab mit dem Ort. Man hatte ihn förmlich gedrängt, das Amt anzunehmen, da man hoffte, er könne das Ruder noch herumreißen. Doch der Zug war längst abgefahren. Er konnte den jungen Leuten nicht einmal böse sein, wenn sie abwanderten. Wie viele hatte er persönlich aufgesucht, um sie zum Bleiben zu bewegen. Die Antwort war stets die gleiche.

Keine Zukunftsperspektive!

Dabei ging in Wahrheit keiner gerne fort. Es war schließlich ihre Heimat, die zu verlassen keinem leicht fällt.

Und so starb der Ort dahin.

Begonnen hatte der Niedergang mit dem Schließen der Zeche. Die Trillerpfeifen der protestierenden Kumpel waren zugleich das Totenglöckchen von Tannberg. Zwei Jahre später folgte der nächst Tiefschlag, als das Kunstdünger Werk seine Produktion in den Osten verlegte. Viele zogen weg, irgendwohin, wo es noch Arbeit gab. In der Folge gerieten noch einige Familienbetriebe in den Strudel des Niedergangs. Lebensmittelgeschäfte, Bäckereien, Metzger und andere kleine Handwerksbetriebe machten dicht. Der einst so blühende Ort verödete und wandelte sich in wenigen Jahren zur Geisterstadt.

Und dann könnte man endlich hoffen, dass dieses Fiasko beendet wird und wieder Hoffnung und Zuversicht die Oberhand gewinnen, da schlägt ein solches Drama alles erträumte Glück kurz und klein.

Wie mochte Gerd jetzt wohl zumute sein?

Stubecke fühlte sich müde, ausgelaugt und mutlos. Und vor allem irgendwie schuldig. Er schloss die Augen und massierte sein Gesicht mit den Handflächen. Das leise Geräusch der Espressomaschine registrierte er nur am

Rande, doch als er die Augen wieder öffnete, stand Lena vor ihm und hielt ihm die Kaffeetasse hin.

„Ich glaube, sie können einen vertragen, Herr Bürgermeister."

Dankbar griff er nach der Tasse und schenkte Lena ein freundliches Lächeln.

Sie war ein Kind des Dorfes und hatte nach dem Besuch der Hauptschule bei Bäcker Hinze eine Lehre begonnen. Ihr Gesellenbrief war noch druckfrisch, als die Bäckerei in Konkurs gehen musste.

Es war zur selben Zeit, da das Unglück mit Sabine geschah und als deren Stelle einige Zeit später ausgeschrieben wurde, bewarb sich Lena sofort, allerdings ohne sich ernsthaft Hoffnungen zu machen.

Umso größer war ihre Freude, als der Bürgermeister sie anrief und ihr mitteilte, dass ihre Bewerbung von Vielen die Erste war und sie deshalb die Stelle bekam.

Stubecke lehnte sich zurück und genoss einen Moment ihre Fürsorge und den aromatischen Duft, während Lena einen eingehenden Anruf entgegennahm.

Als Stubecke bemerkte, dass sich in ihrem Gesicht zunehmend Entsetzen spiegelte, wusste er Bescheid.

Ein neuerliches Unglück war geschehen.

Als der Holzeinschlag wieder aufgenommen wurde, war den Forstarbeitern nicht wirklich wohl in ihrer Haut. Wenn es auch keiner zugeben wollte, die Wolfsattacken waren jedem an die Nieren gegangen und sorgten bei ihrer Arbeit für ständiges Bauchkribbeln.

Doch mit den Tagen und Wochen, da sich nichts ereignete, wurden die Holzhauer sorgloser und gingen ihrer Arbeit in gewohnter Weise nach.

Rolf Nehberg war der jüngste im Team. Er war eine Frohnatur, liebte seinen Beruf und vor allem seine Heimat. Schon als Kind unternahm er mit seinen Freunden stundenlange Streifzüge durch den endlosen Forst. Er kannte die Tiere des Waldes, wusste die besten Plätze für Pilze und wo die ergiebigsten Standorte der leckeren Walderdbeeren waren.

Seit wenigen Wochen war in Rolfs Leben etwas Neues getreten. Er, der mit seinen erst fünfundzwanzig Jahren auf dem besten Weg war, ein menschenscheuer Eigenbrötler zu werden, hatte sich unsterblich in ein Mädchen verliebt. Sie hieß Monika und wohnte mit ihren Eltern in der weiteren Nachbarschaft. Rolf kannte sie natürlich vom Sehen und fand sie immer schon sehr anziehend, hatte jedoch nie einen Annäherungsversuch gewagt, da er sich nicht vorstellen konnte, dass ausgerechnet ihn so ein hübsches Mädchen erhören würde.

Ihre Eltern hatten eine Fuhre Brennholz bestellt, welche vor ihrem Haus abgekippt wurde. Da diese aber nicht mehr die Jüngsten waren, mühte sich Monika alleine ab, das Holz mittels Schubkarre in den nahen Holzschuppen zu schaffen. Rolf, der zufällig vorbeikam, konnte das nicht mitansehen. Er hatte sich spontan „ritterlich angetragen", ihr die Plackerei abzunehmen, was sie erst zögerlich, schließlich aber doch gerne annahm.

Als Dankeschön erhielt er wenige Tage später eine Einladung zum Nachmittagskaffee, und dabei passierte es, dass in ihm nie gekannte Gefühle erwachten. Er musste sich zwingen, nicht ständig den Blick auf dieses hübsche, natürliche Mädchen zu richten. Ihre ungezwungene Plauderei und ihr Charme nahmen ihn gefangen und entflammten in Rolf den Zauber der ersten großen Liebe.

Da ihn Monika in seinem tastenden und schüchternen Werben nicht abwies und mit der Zeit seine Gefühle sogar erwiderte, empfand er schließlich jeden neuen Tag als ein wundervolles Geschenk.

In einem ihrer langen Gespräche hatte er „Moni" einmal vorgeschwärmt, wie sie als Kinder mit kleinen Eimerchen bewaffnet, Heidelbeeren und Walderdbeeren gesammelt haben und wie unvergleichlich gut die schmecken würden. „Da lässt du den Schrott im Supermarkt sogar geschenkt stehen", schwärmte er überschwänglich und versprach ihr, bei der nächsten Gelegenheit selbstgepflückte Walderdbeeren mitzubringen.

Die neue Woche begann mit strahlendem Sonnenschein. Das Wochenende über herrschte nasskaltes Nieselwetter, was jedoch Rolfs Stimmung keinen Abbruch tat. Umso heimeliger fühlte er sich mit Monika im schützenden Haus, wo sie in seliger Verträumtheit Pläne für ihre gemeinsame Zukunft schmiedeten.

Am frühen Montagmorgen wurde, wie üblich in der Holzerhütte, der Ablauf des Wocheneinschlags besprochen. Nach dieser Bekanntgabe richtete Rainer noch einmal eindringlich das Wort an seine Mannschaft.

„Noch etwas, Männer. So gegen Neun Uhr treffe ich mich mit dem Holzeinkäufer am Lagerplatz. Ihr seid also heute das erste Mal für kurze Zeit ohne meinen Schutz. Es ist schon lange nichts mehr passiert, aber das hat nichts zu sagen. Schließlich hat sich auch die ganze Zeit keiner mehr allein im Wald herumgetrieben.
Also! Solange ich weg bin, erhöhte Aufmerksamkeit.
Keiner entfernt sich von der Truppe."
Dann wandte er sich noch an den Vorarbeiter: „Sigi, du bist mir verantwortlich für die Mannschaft in der Zeit meiner Abwesenheit."

Sie begannen mit den Fällarbeiten am „Fuhrenkamp", wo ein zu dichter Föhrenbestand durchforstet werden sollte.

Die Arbeit ging gut voran und wie angekündigt verließ Rainer seine Männer kurz vor der ersten Pause.

Wenig später begab sich der ganze Trupp zur Vesper in einen Bauwagen, welcher von einem Forstunimog immer an die größeren Hiebflächen geschleppt wurde, damit die Holzhauer für ihre Mahlzeiten und bei Schlechtwetter eine Unterkunft hatten.
Drinnen überflog er seine Mannen und bemerkte sofort, dass Rolf fehlte.
Sigi stieß das Fenster auf und rief hinaus: „He, du Schlafmütze, wo steckst du denn schon wieder?"

Rolf stand noch überlegend an der Treppe hinter dem Wagen. Er wusste nicht weit von hier, höchstens fünfzig Meter, einen äußerst ergiebigen Beerenplatz. Wenn er jetzt, während die Kollegen frühstückten, schnell hinlief, konnte er „seiner Moni" wenigstens eine Handvoll Walderdbeeren mitbringen.
Ganz seltsam wurde ihm zumute, wenn er nur an sie dachte. Da fühlte er sofort eine quälende Sehnsucht nach ihrer Nähe in sich aufsteigen, zugleich durchpulsten ihn Wellen des Glücks. Wenn er abends heimkommt, wird sie ihn schon ungeduldig erwarten und in die Arme schließen.

Der Ruf des Vorarbeiters riss ihn unsanft aus seinen Träumereien.
„Hier bin ich. Frühstückt schon mal ohne mich, ich komm gleich nach."

Missmutig wandte sich Sigi vom Fenster ab und setzte sich zu den anderen Holzhauern.

Einer von ihnen sagte mit vollem Mund: „Lass ihn doch. Der Junge ist frisch verliebt. Wahrscheinlich umarmt er jetzt einen Baum und träumt, das wär seine Tussi."

Er erntete allgemeines Gelächter, in das schließlich auch der Vorarbeiter einstimmte.

Rolf kramte in seiner Hosentasche und beförderte eine leere Stullen Tüte zutage. Na also, das wäre auch geklärt. Ganz kurz dachte er an den Wolf, während er sich auf den Weg machte. Ach was, der ist sicher schon über alle Berge, und für die leckeren Erdbeeren würde er von Monika sicher einen extra dicken Kuss bekommen.

Als er die Lichtung erreichte, huschte ein Lächeln über sein Gesicht. Er hatte sich nicht getäuscht. Der ganze Boden leuchtete rot, so dicht standen die kleinen Stauden. Er bückte sich und begann froh gestimmt seine Tüte zu füllen.

Der Wolf war hungrig und gereizt. Seit Wochen schon musste er sich von Aas ernähren und die sicher geglaubte Beute von letzter Nacht hatte er auch nicht bekommen. Gesundes Wild konnte er mit seinem steifen Hinterlauf nicht mehr erjagen. Menschen waren für ihn nun mal die leichteste Beute. So hatte er schon des Öfteren die Waldarbeiter umkreist, doch bei dem ständigen Lärm der

Motorsägen und der Ansammlung von mehreren Menschen wagte er keinen Angriff.

Jetzt lag er flach auf den Boden gepresst und zitterte vor Erregung. Deutlich stieg ihm die Witterung eines Menschen in die Nase und es war vollkommen ruhig. Immer näher robbte der graue Räuber auf Rolf zu, welcher ihm den Rücken zuwandte, bis er ihn schließlich auf wenige Meter vor sich hatte.

Sein ganzer Körper spannte sich, die Lefzen vibrierten und zogen sich nach oben, sodass das schreckliche Gebiss frei lag. Seine bernsteinfarbenen Augen waren starr und gierig auf seine Beute fixiert.

Rolf war so in seine Pflückerei vertieft, dass er dem Gezeter eines Eichelhähers in seinem Rücken anfangs keinerlei Beachtung schenkte. Erst als seine Tüte fast voll war, drangen die ständigen Warnrufe des bunten Vogels in sein Bewusstsein. Langsam richtete er sich auf und versuchte mit seinen Augen das Dickicht in seinem Rücken zu durchdringen.

Plötzlich erstarrte er.

Schemenhaft, aber doch unverkennbar erkannte er in dem Gestrüpp den Wolf, welcher ihn furchteinflößend anstarrte.

Der Schock über das Erkennen lähmte ihm augenblicklich die Glieder.

Seine Starre löste sich jedoch, als der Wolf ein abgrundtiefes Knurren von sich gab und offensichtlich zum Angriff überging. Die Tüte entglitt Rolfs Hand, er machte unbeholfen einige Schritte rückwärts und stolperte dabei über einen Baumstumpf. Im selben Moment jagte der Räuber los, bekam durch Rolfs Sturz nur dessen Fuß zu fassen und zerbiss das Fußgelenk, dass die Knochen nur so krachten. Trotz dem in höchster Todesangst ausgestoßenem, markerschütternden Schrei, fasste der Wolf nach, packte den Ärmsten am Oberschenkel und zog ihn mit sich fort in die nächste Deckung.

Der Vorarbeiter sah zum wiederholten Mal auf seine Uhr und wurde immer unruhiger.

„Jetzt wird's mir aber zu bunt, wo treibt sich der Kerl bloß herum."

Er ging ans Fenster und wollte eben nach ihm rufen, als ihm Rolfs entsetzlicher Schrei das Blut in den Adern gefrieren ließ.

Ohne zu zögern sprangen die Männer auf, Sigi griff sich geistesgegenwärtig noch ein Beil, dann rannten sie laut schreiend los.

Ein neuerlicher Hilferuf, jetzt schon dicht vor ihnen, dort, wo die jungen Fichten dicht an dicht standen. Gleichzeitig kam von derselben Stelle ein abgrundtiefes, drohendes Knurren, so dass keiner mehr einen Schritt weiter wagte.

Alle schrien panisch durcheinander, dazwischen klang Rolfs Flehen: „So helft mir doch, hier bin ich."

Als der Wolf plötzlich einen Scheinangriff startete, aber gleich wieder zu Rolf zurückkehrte, wagte sich erstrecht keiner mehr in seine Nähe.

Kurz vorher war Holger, der sich mit Rolf immer schon gut verstanden hatte, zum Bauwagen zurückgelaufen und kam jetzt mit einer Motorsäge angerannt. Holger riss am Starterseil, ließ den Motor aufheulen und ging mit der auf Vollgas laufenden Säge auf den Wolf zu.

Dabei schrie er wie von Sinnen: „Komm her du Drecksvieh, damit ich dir den Schädel abschneiden kann."

Äußerst widerwillig, mit seinem furchtbaren Gebiss drohend und unheimlich knurrend zog der Wolf sich widerwillig zurück. Als Holger endlich seinen Freund liegen sah, vergaß er alle Vorsicht, warf die Säge zu Boden und kniete sich zu ihm.

Über Rolfs Gesicht huschte trotz seiner Schmerzen ein Lächeln, als er seinen Freund erkannte. Mühsam presste er die Worte hervor.

„Danke Kumpel, ich hab gewusst, dass ich mich auf dich verlassen kann. Was glaubst du, ich werd` doch wieder gesund, oder?"

„Aber sicher, das steckst du locker weg."

Doch Holger war schon bei seinem Anblick zutiefst erschrocken. Gesicht und Lippen waren bleich, die Bissverletzungen an seinem Bein mussten fürchterlich sein, da die zerrissene Hose ein einziger blutgetränkter Lappen war. Als er das Bein genauer ansah, bemerkte Holger mit Entsetzen, dass im Leistenbereich das Blut immer noch schwach, aber doch stoßweise hervorquoll.

Er wusste, was das bedeutete. Im Leistenbereich musste eine Hauptschlagader zerbissen sein. Hier konnte niemand mehr helfen. Rolf würde verbluten.
Nein. Nein. Das durfte nicht sein.
In einem verzweifelten Gefühlsausbruch schrie er nach seinen Kollegen, welche mittlerweile zögernd näherkamen.

„Los helft mir doch, packt mit an. Wir müssen ihn zum Bauwagen bringen."
Rolf stöhnte vor Schmerz, als sie ihn hochhoben und losmarschierten. Holger hielt dabei seine Hand und redete ihm Mut zu.
„Du musst jetzt nur noch kurz durchhalten. Gleich haben wir es geschafft."
Dabei rannen ihm die Tränen übers Gesicht und ein hartes Schluchzen kam ihn an.
Rolf vermochte jetzt vor Schwäche kaum mehr zu sprechen.
„Warum weinst du denn, Holger? Mit mir geht's zu Ende, oder?"

Dann sank ihm der Kopf zur Seite. Er war tot.

Gerade als sie den Leichnam ablegten, kam der Förster zurück. Ungläubig ging er auf seine Männer zu, in deren

Gesichter noch das blanke Entsetzen stand und starrte fassungslos auf Rolf nieder.

Die nächsten Tage waren für Rainer die Hölle. Obwohl er an Rolfs Tod keinerlei Schuld trug, quälten ihn heftige Selbstvorwürfe. Im Dorf streiften ihn zwar gelegentlich scheele Blicke, aber ihn offen anzugreifen wagte niemand. Da hielt sich das Pack, das Jutta Bönisch um sich scharte, lieber an seine Frau.

Erst gestern war Rita wieder weinend nach Hause gekommen. Auf seine Fragen wich sie nur aus. Er konnte nicht ahnen, dass man ihr nachgerufen hatte: Wie lebt sich´s denn als Mörderbraut?"

Mit Bitternis dachte Rita manchmal an früher, als Rainer die Forstdienststelle Tannberg übernommen hatte. Sie waren geachtet und überall gern gesehen. Aber damals blühte der Ort eben noch. Jetzt ging es bei vielen Menschen hier ans Eingemachte. Deshalb neideten ihnen viele die kostenlose Wohnung im Forsthaus, den guten Verdienst und die unkündbare Stellung.

Aber das Schlimmste war für Beide der Riss in ihrer Ehe oder vielmehr die Erkenntnis, auf welch wackligen Füßen ihre Partnerschaft stand. War denn ihre innige Zuneigung wirklich nur Fassade?

Sie hatten sich doch geliebt mit jeder Faser ihres Körpers. Sie waren doch immer glückselig, wenn sie sich nur still in den Armen hielten und die beglückende Nähe ihrer Körper fühlten.

Und das alles, dieser unbeschreibliche, glückselige Taumel ihrer jungen Liebe ließ sich in so kurzer Zeit zerstören? Das machte sie beide ratlos und hinterließ ein beschämendes Gefühl.

Im Gasthof war Gerd am frühen Morgen dabei, das Frühstücks Büfett zu richten, als der erste seiner Übernachtungsgäste den Raum betrat.

„Guten Morgen Herr Schröter, schon wieder fleißig am Arbeiten?"

Ohne eine Antwort Schröters abzuwarten, setzte er gleich nach: „Naja, müssen Sie wohl auch, wenn der Laden so brummt. Da macht die Arbeit wenigstens Spaß, wenn der Rubel so richtig rollt."

Gerd lachte bitter vor sich hin. „Dann muss ich mich ja direkt bei dem Wolf bedanken, dass ich den Konkurs noch etwas hinausschieben kann."

„Was? Was hör ich da, Konkurs?

Da scheint sich ja eine weitere Story für meinen Sender anzubahnen."

Er nahm einen großen Bissen von seinem Brötchen und forderte Gerd mit vollem Mund auf zu erzählen.

„Nun legen Sie mal los, Herr Schröter. Schütten Sie mir ihr Herz aus, bevor die anderen Gäste kommen. Ihre Hütte ist doch rappelvoll. Wie kommen Sie da auf Konkursgefasel?"

Gerd, dessen Gemütsverfassung ohnehin vor dem Absturz in tiefste Depression war, stand kurz davor, den Explosionsfunken zu zünden.
Gottseidank kam in dem Moment Lisa, die Küchenhilfe, um ihn ans Telefon zu rufen. So besann er sich einen Augenblick und erwiderte dann so ruhig es ihm möglich war:
„Entschuldigen Sie mich bitte. Sie haben ja hier alles, sollten Sie noch Wünsche haben, geben Sie in der Küche Bescheid."

Am Telefon meldete sich Bürgermeister Stubecke und fragte ohne Umschweife:
„Hallo Gerd", und nach kurzer Pause: „Wie geht's denn so?"

Schröter entgegnete trocken: „Frag das mal einen, der schon die Schlinge um den Hals hat."

„Gerd..."

„Schon gut Dieter, ich weiß ja, dass dich der ganze Irrsinn genauso mitnimmt. Aber wenn du wirklich wissen willst, wie's mir geht, dann versetz dich mal in meine Lage. Mir geht's ganz einfach hundsmiserabel."

Gerd fühlte plötzlich einen Kloß im Hals und vermochte kaum weiterzusprechen.

„Ich sag dir nur das eine, wenn meine Kinder nicht wären..."

Stubecke unterbrach ihn betroffen.

„Gerd, Junge, sowas darfst du doch im Traum nicht denken."

Eine Weile war es still in der Leitung, dann hatte sich Schröter wieder halbwegs gefasst.

„Entschuldige Dieter, aber manchmal...Schwamm drüber! Wegen was hast du eigentlich angerufen, doch nicht, um dich nach meinem Wohlergehen zu erkundigen?"

„Gerd, dein Wohlergehen liegt mir mindestens so am Herzen, wie das von ganz Tannberg. Aber du hast schon Recht. Ich wollte dir nur mitteilen, dass wieder einmal ganz großer Bahnhof angesagt ist. Wegen dem Unglück bei den Holzhauern. Kommenden Freitag. Also Bürger Info Abend mit so viel Prominenz wie noch nie. Die obersten Strippenzieher aller Parteien erscheinen zum üblichen Strohdreschen. Sogar der Ministerpräsident Guttenberg mit einer Delegation seines Hauses soll antanzen. Aber wer weiß, vielleicht kommt ja doch mal irgendwas Vernünftiges dabei raus und fürs Geschäft ist der Rummel auch ganz gut. Wer weiß..."

Gerd unterbrach ihn jedoch: „Mach dir mal keine Illusionen. Für meinen Betrieb ist der momentane Rummel nur die Henkersmahlzeit. Du weißt doch, dass das Insolvenzverfahren schon angelaufen ist. Spätestens in ein paar Wochen geht's ans Eingemachte. Endgültig! Da müsste der Wolf schon jede Woche einen abmurksen, dass wir nochmal die Kurve kriegen."

Stubecke zog es vor, nicht näher darauf einzugehen. „Wir sehen uns dann am Freitag. Mach`s gut einstweilen, Gerd."

Von dem Gespräch aufgewühlt, grübelte Stubecke noch eine Weile vor sich hin. Jeder einzelne Bürger seines Ortes lag ihm am Herzen, aber bei Gerd, mit dem ihn eine langjährige Freundschaft verband, litt er fast körperlich mit. Stundenlang hatte er schon gegrübelt, wie sich das Geschäft in Gerds Betrieb ankurbeln ließe, auf eine brauchbare Lösung war er bis jetzt nicht gestoßen.

Das Läuten des Telefons holte ihn in die Wirklichkeit zurück.

Es war Landrat Hinze, ein aalglatter Karrieremensch, mit dem er schon des Öfteren aneinandergeraten war. Nach gegenseitiger frostiger Begrüßung verfinsterte sich sein Gesichtsausdruck zusehends, denn dieser verlangte allen Ernstes, dass man Tannberg für den „Hohen Besuch" auf das Feinste herausputzen müsse.

Aufgebracht blaffte Stubecke ins Telefon: „Einen Teufel werde ich tun. Denken Sie, wir haben keine anderen Sorgen, als Ihren Schnapsideen nachzukommen?"

Der Landrat war außer sich über diese Abfuhr und Respektlosigkeit. Empört fuhr er Stubecke an: „Wie können Sie nur eine solche Gleichgültigkeit an den Tag legen? Als Bürgermeister sollte es Ihnen eine Herzensangelegenheit sein, dass der Ort sauber herausgeputzt ist, wenn sich derart hoher Besuch ankündigt. Das fällt doch auch auf mich zurück, wenn die Herren einen schlechten Eindruck mitnehmen."

„Eben. Genau darum geht es Ihnen, Herr Hinze. Aber was weiter mit Tannberg passiert, wenn der ganze Tross wieder abreist, ist Ihnen genauso schnuppe wie dem Hohen Besuch. Und wenn Sie schon der Meinung sind, dass der Ort extra fein herausgeputzt sein müsse, dann kommen Sie gefälligst selber her, aber vergessen Sie Ihr Putzzeug nicht", erwiderte Stubecke wütend und knallte dann ohne Verabschiedung den Hörer aufs Telefon.

Lena starrte erschrocken vor sich hin. So wütend hatte sie ihn noch nie erlebt. Eingeschüchtert wagte sie kaum hochzusehen, bis Stubecke, bei dem die Freude über die erteilte Abfuhr langsam den Groll verdrängte, sie ermunterte: „Na Lena, bist du jetzt auch noch gegen mich oder ist die Kaffeemaschine kaputt?"

Sichtlich erleichtert sprang sie auf, um seinem Wunsch nachzukommen.

„Lass für dich auch einen runter und dann saust du schnell zum Bäcker rüber und holst für uns beide etwas Süßes zum Knabbern.

Ich lass mir doch von diesem Lackaffen den Tag nicht verderben."

Gastwirt Schröter und seine Leute schufteten wie verrückt. Der Saal war jetzt schon zum Bersten gefüllt und immer noch drückten neue Gäste herein. Die Jungs von der Freiwilligen Feuerwehr stellten auf Gerds Bitte in den freien Seitengängen noch Bierzeltgarnituren auf. Die Bedienungen gaben ihr Bestes, schleppten mit Getränken vollbeladene Tabletts zu den Tischen, gaben in rascher Folge ihre Essens Bestellungen weiter, so dass das Küchenpersonal kaum mehr nachzukommen wusste.

Alle, einschließlich Gerd und seine Frau schwitzten, hasteten und werkten an der Grenze der Belastbarkeit, doch kam keinem ein Fluch oder ein böses Wort über die Lippen. Im Gegenteil.

Eine fast greifbare Trauer lag über dem ganzen Personal. Ihre Minen waren verschlossen, es fehlten die üblichen Foppereien, die in jedem Gasthaus zwischen Service und Küche alltäglich waren.

Jeder verspürte in seinem Innersten den Wunsch: Wenn das Geschäft doch nur so weitergehen möchte. Wie gerne würden wir rackern bis zum Umfallen. Denn alle waren sich bewusst, dass das Scheppern und Klirren der aneinanderstoßenden Krüge und Gläser nur das Totenglöckchen der Alten Post war.

Am schlimmsten aber war es für Gerd. Es war unendlich tiefe Trauer, die er in sich trug, weil er den angestammten Familienbesitz nicht mehr halten konnte. Dazu kam noch die Sorge um sein Personal, dem er so gerne die Arbeitsplätze erhalten hätte.

Als nun Landrat Hinze an die Theke gerannt kam und energisch gegen das Aufstellen der Bierzeltgarnituren protestierte, maß ihn Gerd mit einem Blick, der jeden Spaß ausschloss.
Zufällig hatte er gerade einen Bierschlegel in der Hand, den er eigentlich nur wegräumen wollte. Als er so bewaffnet einige Schritte auf Hinze zumachte, suchte dieser fluchtartig das Weite, wobei er mit Pfarrer Bachus kollidierte, der zu allem Überfluss einen vollen Krug vor sich hertrug.
Entsetzt sah er an sich herunter, denn sein bester Anzug, den er nur zu besonderen Anlässen trug, hatte einen ordentlichen Schwall abbekommen.

Pfarrer Bachus, dem der aalglatte Landrat hochgradig unsympathisch war, schimpfte, halb ärgerlich und halb belustigt: „Was rennen Sie denn so blind durch die Gegend, als ob der Teufel hinter Ihnen her wäre. Dem können Sie nicht davonlaufen. Der kriegt Sie sowieso."

Zu allem Überfluss kam in diesem Moment, etwas verfrüht, der Ministerpräsident samt seinem Tross, draußen empfangen und hereingeführt von seinem Erzfeind Stubecke, was eigentlich seine Aufgabe gewesen wäre.
Am liebsten hätte er sich aus dem Staub gemacht, aber es half alles nichts, er musste hingehen und die Herren begrüßen.

Der „Landesvater" war ein exzellenter Menschenkenner und hatte im Gegensatz zu Hinze Sinn für Humor. Deshalb erwiderte er die erbärmlich unterwürfige Begrüßung Hinzes äußerst kühl und abweisend.
„Sie scheinen meinem Besuch offensichtlich keine große Bedeutung beizumessen, wenn Sie mich dermaßen besabbert begrüßen."

Hinze wäre am liebsten in den Erdboden versunken.
Den Rest gab ihm Stubecke indem er sagte: „Unser fürsorglicher Herr Landrat wollte für Ihren Besuch noch Großreinemachen in Tannberg und hatte vermutlich keine Zeit mehr, die Garderobe zu wechseln.
Wenn ich die Herren jetzt bitten dürfte!"
Er wies auf den reservierten Tisch und streifte dabei Hinze mit einem vergnüglichen Schmunzeln.
Dann begab er sich ans Rednerpult und eröffnete die Versammlung.

Rita war mit den Kindern am Nachmittag zur Grill Feier der „Glühwürmchengruppe", einer Veranstaltung der Vorschulkinder gefahren.

Rainer war beim Mittagessen zuhause wie immer die letzte Zeit ziemlich einsilbig und ließ nur beiläufig fallen, dass er bei ihrer Rückkehr wahrscheinlich schon bei der Versammlung in der Alten Post sei.

Keine zärtliche Liebkosung beim Abschied, kein Stirn an Stirn geflüstertes: "Fahr vorsichtig, Liebling." Kein Abknutschen der Kinder und kein letztes zartes Berühren ihrer Lippen.

Nur noch hilflose Ratlosigkeit im Umgang miteinander.

Rita litt darunter unsäglich. Sie war schon als Kind äußerst empfindsam und war oft tagelang für niemanden zugänglich. Der frühe Tod ihres Vaters hatte sie aus der Bahn geworfen. Sie war gerade zwölf Jahre geworden, als er schwer erkrankte. Jede freie Minute verbrachte sie an seinem Krankenbett in der Hoffnung, dass er doch wieder gesund werden möge. Aber es sollte nicht sein. Die letzte Woche seines Lebens verbrachte er im Krankenhaus. Als der befürchtete Anruf kam, die Mitteilung über sein plötzliches Ableben, brach für Rita eine Welt zusammen. Sie wurde still und verschlossen und schien an nichts mehr im Leben eine Freude zu haben. Daran hatte sich auch nach Jahren nichts geändert.

Erst als Rainer in ihr Leben trat, begann sie zaghaft daran zu glauben, dass auch für sie die Sonne wieder scheinen könnte. Er war für sie der ruhende Pol geworden. An seiner Seite fühlte sie sich endlich wieder dem Leben gewachsen. Nun schien das alles zerstört, sie fühlte sich mehr und mehr wieder allein und verlassen.

Sie versuchte, ihre Tränen zurückzuhalten, um die Kinder nicht noch mehr zu belasten. Basti war ja schon immer mehr ein „Mamabub". Aber Tina hing von jeher wie eine Klette an ihrem Vater und war durch sein verändertes Wesen völlig verschüchtert und einsilbig geworden.

Rita riss sich zusammen und versprach den Kindern einen schönen Nachmittag, an dem sie jede Menge Spaß haben würden.
Doch es wurde ein Albtraum.
Bei ihrer Ankunft waren die Kinder sogleich begeistert, was hier alles geboten war. Von der Hüpfburg bis zum Clown, der Riesenseifenblasen fabrizierte, war alles geboten. Doch wo sie sich auch anstellten, um mitzumachen, wurden die Kinder geschnitten und weggeschubst.

Rita spürte von Anfang an die eisige Ablehnung, die man ihnen entgegenbrachte. Trotzig begann sie, die Anwesenden zu mustern und erkannte zu ihrem Kummer eine ganze Anzahl aus dem fadenscheinigen Bekanntenkreis von Jutta Bönisch, die sie schon mehrfach beim Einkaufen angepöbelt hatten.

Als sie sah, wie Basti von einem anderen Jungen angerempelt wurde, dass er auf dem Boden landete und dieser dann Tina an den Haaren zog, weil sie ihrem Bruder zu Hilfe eilte, packte sie die blanke Wut.
Sie rannte hin und verpasste dem Bengel eine saftige Ohrfeige, dass es nur so patschte.

Augenblicklich hub ein Gezeter und Gekreische an, der Junge war weinend zu seiner Mutter gerannt und diese rottete sich sofort mit anderen Eltern zusammen. In aufkommender Panik packte Rita ihre Kinder, riss sie mit sich und flüchtete, von wüsten Beschimpfungen und Drohungen begleitet ins Auto.
Mit aufheulendem Motor jagte sie davon, ein Scheppern auf dem Autodach ließ sie zusammenzucken. Offensichtlich hatte ihnen jemand aus der Verfolgergruppe einen Stein nachgeworfen.

Die Kinder weinten und Rita zitterte am ganzen Körper vor Angst und Aufregung. Immer wieder blickte sie ängstlich in den Rückspiegel und wurde erst ruhiger, als feststand, dass ihr niemand folgte.

Erleichtert ging sie vom Gas, schlug ein gemäßigtes Tempo ein und steuerte dann auf den nächsten Parkplatz. Die Kinder hatten sich mittlerweile etwas beruhigt und Rita versuchte, sie etwas aufzuheitern.
„Habt ihr das gesehen, wie der freche Kerl geheult hat, als ihm eure Mami eine geklebt hat?"

„Das hast du gut gemacht, Mama. Das geschieht dem ganz recht. Ich bin echt stolz auf dich", erwiderte Tina.

„Und ich hab's auch gesehen, Mami. So hast du gemacht"- er holte mit dem Arm zu einer Ohrfeige aus – „und Patsch hat's gemacht."
Dabei konnte er schon wieder lachen, in das auch Tina einstimmte.
Rita hatte derweilen einen schwerwiegenden Entschluss gefasst. Sie würde vorerst nicht mehr nach Tannberg zurückkehren, allein schon der Kinder wegen. So wie jetzt konnte es nicht weitergehen.

Ihr Vater, an dem sie genauso gehangen hatte, wie Tina an Rainer, lebte ja leider längst nicht mehr. Aber ihre Mutter wohnte nur 20 Kilometer weiter. Dort wollte sie Zuflucht suchen. Am Abend würde sie Rainer anrufen und ihm ihren Entschluss mitteilen. Dann würde man weitersehen.

Bachus gab sich keine Mühe sein Schmunzeln zu verkneifen, als Stubecke bei der Aufzählung der Ehrengäste Landrat Hinze „vergaß". Dieser kochte innerlich und schwor sich, ihm diese Schmach bei der nächsten Gelegenheit heimzuzahlen.

Nachdem Stubecke anschließend alle Fakten in Bezug auf den Wolf aufgelistet hatte, bat er Herrn Guttenberg ums Wort. Dieser war, im Gegensatz zu anderen Politikern, ein Mann der geraden Linie und klaren Worte. Er bat einen seiner Begleiter neben sich und ließ ihn auf einem Block alles Wichtige festhalten. Dann begann er zu sprechen. Ruhig, besonnen, und vor allem glaubwürdig.

„Meine sehr verehrten Damen und Herren, liebe Tannberger.

Ich bin heute gekommen, um mir vor Ort und mit Informationen aus erster Hand ein Bild zu machen, um dann mit euch gemeinsam nach möglichen Lösungen zu suchen. Wenn jemand Fragen oder Vorschläge hat, bitte ich um Handzeichen. Ich höre mir alles an, sofern es mit den Unglücksfällen zu tun hat und bin für jede Anregung dankbar.

Wie mir euer Bürgermeister vorab schon mitteilte, sind alle bisherigen Versuche, diesem Raubtier habhaft zu werden, gescheitert. Ich muss gestehen, dass mir das nicht recht einleuchtet. Kann mir vielleicht irgendjemand plausibel erklären, wieso das nicht geklappt hat?"

„Das sollte am besten unser Förster übernehmen. Er weiß über das ganze Drama Bescheid wie kein Zweiter", schlug Stubecke vor.

„Herr Schorer, darf ich Sie um eine Stellungnahme für unseren Gast bitten."

Rainer erhob sich und wollte eben zu sprechen beginnen, als eine sich überschlagende Frauenstimme hysterisch zu brüllen begann.

Es war Jutta Bönisch. „Mörder! Das ist der wahre Mörder! Er hat den unschuldigen Wolf ..."

Weiter kam sie nicht, denn ihr „Intimfreund" Jochen Görcke, der hinter ihr saß, war blitzschnell aufgesprungen um seinen vollen Bierkrug über ihr auszuleeren.

Jutta kreischte, als ob ihr der Leibhaftige erschienen wäre. Augenblicklich spielten sich tumultartige Szenen ab. Stühle wurden umgeworfen, Mitstreiter von Frau Bönisch trafen Anstalten, auf Jochen loszugehen, dem sprangen jedoch sofort einige schwergewichtige Freunde bei, so dass sich die Gegner Seite vorsichtshalber schimpfend und zeternd auf ihre Plätze zurückzog.

Der Ministerpräsident war total schockiert und starrte fassungslos auf das Geschehen. Mit einer solchen Entladung der Emotionen hatte er nicht gerechnet.

Pfarrer Bachus vergaß auf die Anwesenheit Guttenbergs und lachte herzlich. Dann rief er mit dröhnender Stimme zur Kellnerin: „Heidi, ein frisches Bier für Herrn Görcke auf meine Rechnung."

Stubecke, der „seinen Pfarrer und wahrlich besten Freund" geradezu verehrte und dem die Abende mit ihm, wenn sie über Gott und die Welt philosophierten, mittlerweile unendlich viel bedeuteten, schmunzelte vor sich hin, besann sich dann aber und schimpfte in Richtung der Streithähne lauthals los: „Seid ihr denn alle verrückt geworden? Jochen, reiß dich doch ein bisschen am Riemen. Wie stehen wir denn da, wenn ihr hier eine Keilerei beginnt."

„Ich hab bloß den Herrn Schorer verteidigt, das wird ja wohl noch erlaubt sein", rechtfertigte sich Jochen und setzte nach.

„Was sich der arme Kerl alles anhängen lassen muss, das passt auf keine Kuhhaut. Dabei hätte ausgerechnet er es beinahe geschafft, uns von diesem ...", er sah hämisch zu Jutta Bönisch, die sich mit einem, von der Kellnerin gebrachten Handtuch trockenrubbelte, und schrie dann extra laut: „von diesem Drecksvieh zu befreien."

Jutta zitterte vor Wut und wäre ihm am liebsten an die Kehle gegangen, wurde aber von ihren Verbündeten beruhigt und zurückgehalten.

Bürgermeister Stubecke wandte sich beschämt an Herrn Guttenberg.

„Entschuldigen Sie bitte diesen Auftritt, Herr Ministerpräsident, aber Sie sehen selbst, die Nerven liegen bei unseren Bürgern einfach blank. Seit die Zeche dichtgemacht hat, Sie wissen doch sicher Bescheid, ist die ganze Gegend am Dahinsiechen. Da leidet eben auch der Zusammenhalt untereinander."

Dann bat er den Förster noch einmal, Herrn Guttenberg die Sachlage zu erläutern.

So ruhig wie möglich schilderte nun Rainer, wie er das erste Opfer fand und den Wolf am gleichen Tag noch mit dem Auto gerammt hatte, um seine Kinder zu schützen.

„Und deswegen will man Ihnen einen Strick drehen?", fragte der hohe Gast ungläubig.

„Tja, für gewisse Leute zählt ein Wolf eben mehr als ein Menschenleben ... und irgendeiner muss bei denen ja wohl den Sündenbock machen", erwiderte Rainer bedächtig und fügte noch mehr zu sich selbst dazu: "Wenn ich´s auch nicht ganz verstehen kann."

Der Minister betrachtete ihn nachdenklich, winkte dann einem seiner Begleiter und flüsterte diesem etwas ins Ohr. Dann wandte er sich ans Publikum und fragte: „Nun, hat denn niemand einen Vorschlag, der noch nicht ausprobiert wurde?"

„Pflichtgemäß" meldete sich sein Begleiter. „Wäre es denn nicht möglich, überall im Wald Giftköder auszule ..."

Weiter kam er nicht. Ein gurgelnder Laut, dann überschlugen sich die Stimmen am Tisch der „Wolfsfreunde", wie sich die Neubürger und Mitstreiter von Jutta Bönisch neuerdings nannten. Mit einem durcheinander gebrüllten Wortschwall taten sie lautstark ihre Gesinnung kund.

„Niemals / Der Wolf steht unter Naturschutz / Das ist Mittelalter / So ein edles Tier / Das ist barbarisch."

Nun aber riss dem Ministerpräsidenten der Geduldsfaden. Wütend sprang er auf und rief mit dröhnender Stimme:
„Ruhe!
Wie viele Tote wollt ihr denn noch?"

„Das ist doch gar nicht erwiesen, dass das der Wolf war", rief Juttas Tischnachbar zurück und sah sie dabei Beifall heischend an. Im nächsten Moment zuckte er jedoch erschrocken zusammen, denn jetzt wurde es Herrn Guttenberg endgültig zu viel.
Mit hochrotem Kopf brüllte dieser ins Mikrophon.

„Wenn ich jetzt noch ein Wort von euch weltfremden Gutmenschen höre, lasse ich euch allesamt des Saales verweisen. Wir sind hier um eine Lösung für dieses Drama zu finden und wenn uns dabei etwas Ungesetzliches hilft, nehme ich das gerne auf meine Kappe."

Applaus brandete auf und nachdem sich dieser etwas gelegt hatte, bat er dann Rainer, zu der letzten Anregung Stellung zu nehmen.

„Herr Schorer, was halten Sie von dem Vorschlag. Man müsste den Forst dafür nicht einmal betreten. Wir werfen die Köder vom Hubschrauber aus ab. Das haben wir doch schon erfolgreich bei der Tollwut Immunisierung der Füchse praktiziert."

„Seien Sie mir nicht böse, aber das mit den Giftködern haben wir auch schon in Erwägung gezogen. Die Sache hat aber einen entscheidenden Haken.
Sollte es wirklich klappen, dass der Wolf an einem Giftköder zugrunde geht, haben wir keine Leiche, oder richtiger gesagt, keinen Kadaver.
Verstehen Sie, was ich meine. Uns fehlt der Beweis. Sollte der Wolf wirklich soviel Gift aufnehmen, dass er verendet, dann verkriecht er sich im Unterholz und kein Mensch weiß, was denn nun Sache ist. Wer übernähme die Verantwortung, nach einer Wartezeit von einigen Wochen, den Forst wieder freizugeben. Was wir brauchen ohne Wenn und Aber ist der sichere und sichtbare Tod dieser Kreatur.

Frustriert blickte der Ministerpräsident in die Runde und sagte dann ratlos zu Rainer.
„Aber es muss doch irgendeine Möglichkeit geben, diese Bestie loszuwerden. Wie wäre es denn mit Fallen? Man fängt doch angeblich sogar Bären damit."

„Das stimmt schon. Allerdings sind Bären weit weniger misstrauisch als ein Wolf, vor allem, wenn er schon verletzt ist. Der geht nie und nimmer in so einen Kasten. Das größte Problem ist", fuhr Rainer fort, „dass der Tannberger Forst 4000 Hektar umfasst. Hier sind bürstendichte Dickungen von solchen Ausmaßen, dass sie schier undurchdringlich sind. So ein ideales Rückzugsgebiet findet der Wolf im Umkreis von einigen Hundert Kilometern nicht mehr. Also ist die Hoffnung, dass er von sich aus weiterzieht, gleich Null."

„Ich verstehe ja nicht viel von der Jagd", meldete sich Bachus zu Wort. „Aber ich hab mal etwas gelesen von reinen Wolfsjägern, die äußerst erfolgreich waren. Gibt es denn solche heutzutage nicht mehr?"

„Nein", entgegnete Rainer bestimmt. „Aber Sie haben schon Recht. Diese Wolfsjäger hat es in früheren Zeiten gegeben, vor allem im alten Russland. Das waren Spezialisten, die selbst in völlig fremden Revieren todsicher die Wolfswechsel ansagen konnten, wenn der Wald durchgetrieben wurde. Aber diese Jäger sind längst ausgestorben und bei der Größe unseres Forstes hätten selbst die nichts bewirken können."

Er schwieg eine Weile und sah sinnend zu Boden, obwohl alle Aufmerksamkeit immer noch auf ihn gerichtet war. Der Gedanke an sein zerrüttetes Familienglück quälte ihn entsetzlich. Dann sagte er so leise, dass es nur die neben ihm verstanden: "Es ist, als laste plötzlich ein Fluch auf uns allen."

Bachus und Stubecke sahen sich betroffen an. In stummer Übereinkunft nickten sie sich zu und beschlossen damit, sich baldmöglichst Seiner anzunehmen.

Während sich Herr Guttenberg sichtlich genervt mit Bürgermeister Stubecke besprach, meldete sich der Wirt, Gerd Schröter etwas zögerlich zu Wort.
Mit einem Anflug von Hoffnung ermunterte Guttenberg den sichtlich gehemmten Gastwirt zu reden.

„Na also, kommt jetzt doch noch eine brauchbare Idee?"

„Tut mir Leid, Herr Ministerpräsident, ich habe auch keinen Vorschlag, wie wir den Wolf loswerden könnten. Ich will nur eines wissen. Ist der Naturpark wirklich endgültig vom Tisch?"
Und hastig setzte er nach: „Sie müssen wissen, dieses Projekt war unsere letzte Hoffnung."

Guttenbergs Gesichtszüge wurden ernst und hart. Er war bekannt dafür, dass er, im Gegensatz zu den meisten seiner Kollegen, Klartext redete. Gerade deshalb erfreute er sich in der Bevölkerung großer Beliebtheit. Er spürte fast körperlich die Verzweiflung dieses ehrlichen Mannes und es kostete ihn sichtlich Mühe, ihm seine letzte Hoffnung zu zerstören.

Eine Weile sah er auf seine ineinander verkrampften Hände nieder und zwang sich dann, die traurige Wahrheit auszusprechen.

„Wissen Sie, als ich meine Laufbahn als Politiker begann, habe ich mir geschworen, meine Wähler niemals zu belügen. Das bringt es leider mit sich, dass sich meine Freunde in Grenzen halten und ... dass ich manchmal auch jemanden weh tun muss."
Er machte eine kurze Pause und suchte nach den richtigen Worten.
„So Leid es mir tut, Herr Schröter, aber solange dieser Wolf am Leben ist, haben wir nicht den Hauch einer Chance, das Vorhaben in Tannberg zu verwirklichen. Zudem waren ja mehrere Standorte in der engeren Auswahl.
Es wäre verlogen von mir, wenn ich Ihnen, nach allem, was hier vorgefallen ist, auch nur die geringste Hoffnung machen würde."

„Steht denn schon ein anderer Standort fest?", hakte Stubecke nach.

„Mir ist nichts bekannt, dass das der Fall wäre, Herr Bürgermeister. Aber das tut nichts zur Sache.
Ich kann und ich werde auch, euch zuliebe versuchen, die Umsetzung des Projekts möglichst lange zu verzögern, aber ob mir das dauerhaft gelingt, ist mehr als fraglich.
Schließlich haben wir bis jetzt noch nicht einmal ein brauchbares Konzept, um dieses Drama hier zu beenden."

Rainer nahm die weiteren Diskussionen kaum mehr wahr. Seine Gedanken waren längst wieder in jener Waldabteilung, wo das erste Unglück geschah. Immer und immer wieder hatte er die Erkenntnis verdrängt, dass seit dem Auffinden des toten Mädchens etwas mit ihm nicht mehr stimmte. Dutzende Male war er seither des Nachts aus dem Schlaf hochgeschreckt, schweißgebadet und am ganzen Körper zitternd, weil er im Traum wieder der blutigen Schleifspur folgte und beim Auffinden des wunderschönen Mädchens mit einem verzweifelten Schrei erwachte.

Eine quälende Unruhe hatte ihn plötzlich befallen. Er musste die Entfremdung von Rita und den Kindern beenden und zwar noch heute. Rainer beschloss, seiner Familie zuliebe, koste es was es wolle, die Gegend zu verlassen.

Die Kinder waren sicher schon im Bett, bis er heimkam. Aber Rita würde noch auf sein. Er wollte sie um Verzeihung bitten für seine Ausraster und er wusste, sie würde ihm vergeben. Dann würde er eine gute Flasche Wein entkorken und zusammengekuschelt auf ihrem Lieblingsplatz neben dem Kaminofen, so wie sie beide es liebten, auf einen kompletten Neuanfang anstoßen.

Und gleich morgen früh wollte er nochmals im Forstamt energisch um seine Versetzung ansuchen.

Wenn er ihnen den jetzigen Sachverhalt klarlegte, mussten sie ihm seinen Wunsch gewähren. Möglichst weit weg. Nur fort aus dieser Gegend.

Mit den Gedanken schon zuhause verließ er den Saal, ohne sich von irgendjemand zu verabschieden. Während der Heimfahrt kam ihm die Idee, seine Familie zusätzlich mit einer spontanen Urlaubsankündigung zu überraschen. Irgendwo ans Mittelmeer. Vielleicht Italien. Wenigstens drei Wochen, so konnte er die Zeit bis zur Versetzung überbrücken.

Nach diesem Beschluss wurde ihm zum ersten Mal nach langen Wochen wieder leichter ums Herz und ein Lächeln glitt über seine Züge.
Ein seltener Gast in letzter Zeit.

Als er wenig später beim Forsthaus in die Einfahrt rollte, bemerkte er mit Kummer, dass nirgends mehr Licht brannte. Sollte Rita doch schon zu Bett gegangen sein? Egal, dann würde er sie eben nochmals wecken. Doch dann fiel ihm auf, dass ihr Wagen nicht in der Garage stand. Mit einer dunklen Vorahnung betrat er das Haus.
Asta begrüßte ihn winselnd und voller Freude, doch Rainer achtete in seiner Erregung nicht darauf. Rasch eilte er ins Schlafzimmer. Es war leer, das Kinderzimmer ebenfalls.

Wie betäubt ging er zurück ins Wohnzimmer. Da bemerkte er das Blinken am Anrufbeantworter.

Eine schreckliche Ahnung, dass Rita ihn verlassen haben könnte, kroch in ihm hoch. Er musste sich zwingen, die Nachricht abzuhören.

Seine schlimmsten Befürchtungen wurden Augenblicke später schonungslose Wahrheit. Es war wirklich Rita. Ihre Stimme klang fremd und unwirklich als sie sagte: „Hallo Rainer, ich bin mit den Kindern zu meiner Mutter gefahren. Ich glaube, es ist am besten so."

Das war endgültig.
Kein liebes Wort. Kein Gruß der Kinder. Alles aus.

Ein aufkommendes Schwindelgefühl zwang ihn, sich zu setzten. Rainer hätte nicht sagen können, wie lange er nur dagesessen und ins Leere gestarrt hatte. In seinem Inneren tobte und brannte ein nie dagewesener Schmerz.
Alle Vorfreude auf einen Neuanfang war zerstört, alles aufs Neue erhoffte Glück schien endgültig zerronnen.

Der Taumel seiner Liebe zu Rita, das freudige Begrüßen jeden neuen Tages mit ihr an seiner Seite, die zärtlichen Umarmungen, die ihre Körper vor Seligkeit erschauern ließen und das Zusammenkuscheln am Abend unter der Bettdecke. All das sollte nun nie mehr Wirklichkeit werden und schien unwiederbringlich verloren.

Geblieben war nur eine trostlose, innere Leere.

Wie konnte es nur so weit kommen. War wirklich bloß dieser Wolf die Ursache? Traf nicht ihn die gleiche Schuld, weil er seine Versetzung nicht energischer durchgeboxt hatte? Und hatte er nicht wiederholt Rita und die Kinder wegen Nichtigkeiten angebrüllt und damit alle Bindungen zerstört. Anstatt eine erlösende Aussprache zu suchen kapselte er sich immer weiter ab und zerstörte so den letzten Rest von gegenseitigem Vertrauen.

Auch wenn er es sich nicht eingestehen wollte, war ihm die tiefere Ursache nur allzu bewusst.
Er war ganz einfach mit den Nerven restlos am Ende. Seit dem Anblick dieses traumhaft schönen Mädchens, das selbst noch im Tod eine unwiderstehliche Anziehungskraft auf ihn ausübte, hatte er einen Knacks weg und war nur noch ein Schatten Seiner selbst.
Dieses engelsgleiche Antlitz verfolgte ihn Tag und Nacht und wollte nicht mehr weichen.

Das leise Winseln von Asta zu seinen Füßen ließ ihn in die Wirklichkeit zurückkehren. Rainer beugte sich hinab und kraulte ihr zärtlich den Kopf, den sie wie tröstend an seinen Fuß schmiegte.
„Ist schon gut, mein Mädchen. Du leidest genauso wie ich unter dem ganzen Wahnsinn.

Gedankenverloren stand er auf, goss sich ein großes Glas Obstbrand ein und stürzte es hinab. Der Klare brannte wie Feuer seine Kehle hinab, so dass er kaum noch Luft bekam. Trotzdem füllte er das Glas nochmals und trat damit ans Fenster.
Mittlerweile stand der Vollmond hoch am Himmel und erhellte die Landschaft fast wie am Tage.
Sinnend sah er eine Weile hinaus und nachdem er das zweite Glas geleert hatte, stand sein Entschluss fest.

Er würde jetzt losziehen und den Wolf töten. Und sollte es misslingen, sollte er unterliegen, dann ist es eben so.

Ohne seine Familie hatte das Leben für ihn keinen Sinn mehr.
Trotz der sedierenden Wirkung des Alkohols fühlte er wegen seinem Vorhaben eine gewisse Angst in sich aufsteigen. Um nicht wankend zu werden, öffnete er entschlossen den Waffenschrank und entnahm ihm seine meist geführte Büchse. Routiniert überprüfte er alle Funktionen und repetierte probeweise eine Patrone in den Lauf. Das flutschende, metallische Geräusch wirkte beruhigend. Auf seine Waffe konnte er sich verlassen.

Das Läuten der Hausglocke ließ seinen Puls hochschnellen und eine heiße Hoffnung in ihm aufflammen. Mit wenigen Schritten war Rainer an der Haustüre, riss diese auf und konnte seine Enttäuschung nicht gänzlich verbergen, als statt Rita der Bürgermeister und Pfarrer Bachus vor ihm standen.

Den Beiden war nicht entgangen, dass er jemand anderen erwartet hatte und nachdem sie Ritas Auto schon vermisst hatten, konnten sie sich den Rest leicht zusammenreimen.

„Wir haben uns Sorgen um dich gemacht", begann Bachus den späten Besuch zu entschuldigen.
Und um die Überraschung Rainers auszunützen legte Stubecke nach: „Dürfen wir noch kurz reinkommen, wir halten dich auch nicht lange auf."
Stubecke hatte Rainer bisher eigentlich nie geduzt, doch in der jetzigen Situation erschien es ihm angebrachter.
„Aber selbstverständlich", stammelte Rainer etwas verlegen und trat zur Seite.
Als Bachus an ihm vorbeiging, boxte er ihm freundschaftlich an die Schulter.
„Hoffentlich hast du etwas Vernünftiges zu trinken im Haus, Junge. Ich habe vor lauter diskutieren einen ganz trockenen Hals bekommen."

Rainer fühlte die kumpelhafte Sorge der Beiden um ihn und war ihnen unendlich dankbar dafür. Eine wohltuende Rührung bemächtigte sich Seiner, deshalb eilte er auch sofort in den Keller um einen guten Tropfen zu besorgen, nachdem er ihnen den Weg ins Wohnzimmer gewiesen hatte.

Die späten Gäste erblickten gleichzeitig das Gewehr auf der Couch und sahen sich betroffen an. Dass das nicht der übliche Aufbewahrungsort sein dürfte, war ihnen bewusst.

„Er wird doch nicht...", flüsterte Stubecke erschrocken.

„Lass mich mal machen, Dieter", unterbrach ihn Bachus beschwörend. „Ich hab den besseren Draht zu ihm."

Bald darauf kam Rainer mit drei Gläsern und einer Weinflasche zurück, welche ihm Bachus auf der Stelle abnahm.
„Erstens entkorke ich für mein Leben gern und zweitens möchte ich schon sehen, was dir deine Freunde wert sind."
Damit betrachtete er mit Kennerblick das Etikett und nickte zufrieden.
„Ich hoffe, du hast von der Sorte noch mehr im Haus, sonst werd` ich nämlich ungemütlich."
Rainer konnte diesen derben Spaß sogar mit einem Lächeln kommentieren, war jedoch im nächsten Moment wieder ernst und sichtlich aufgewühlt.

Bachus übernahm auch das Einschänken, feierlich zelebrierend, so wie er es liebte. Dann prosteten sie einander zu und tranken bedächtig. Der Gottesdiener hielt nachgenießend noch eine Weile die Augen geschlossen.
Dann jedoch nahm er übergangslos Rainer in die Mangel.

„So mein Junge, und jetzt sagst du mir, was hier los ist in deiner Hütte. Wieso bist du alleine? Wo ist Rita mit den Kindern? Was soll das Gewehr hier? Und untersteh dich, deinen Pfarrer anzulügen, da werd ich nämlich ranzig."

Der „Junge" blickte betroffen erst Pfarrer Bachus und dann Bürgermeister Stubecke an. Er sah in ernste Gesichter aus denen nichts als tiefe Sorge um ihn zu lesen war.
Schließlich begann Rainer zu erzählen.

Er holte weit aus. Wie glücklich sie waren und wie geborgen sie sich mit den Kindern hier in dem alten Forsthaus gefühlt hatten.
Bis dieser Wolf kam. Er erzählte von seinen immer wiederkehrenden Alpträumen, wo ihn der Anblick des toten Mädchens peinigt und halb zum Wahnsinn treibt. Von den Zerwürfnissen mit Rita, dem Post und Telefonterror, den Anfeindungen im Ort, selbst gegen seine Kinder.
„Und als ich heute heimkam, war sie fort. Bei ihrer Mutter. Einfach weg."
Stubecke sah ihn fragend an.

„Sie hat auf dem Anrufbeantworter eine Nachricht hinterlassen."
Rainer schwieg eine Weile und sah dabei ins Leere.
„Ich war auf der Heimfahrt so voller Hoffnung für einen Neubeginn. Ich wollte Rita mit meinem Entschluss zu einer Versetzung überraschen. Und bis dahin noch ein paar Wochen Urlaub am Mittelmeer."

Wieder schwieg er längere Zeit, während Bachus die Gläser neu füllte. Sie tranken schweigend, ohne anzustoßen, und ließen das edle Getränk durch ihre Kehlen rinnen.

„Jetzt bin ich endgültig alleine."

„Und deswegen willst du dich erschießen, oder wie sehe ich das?", fragte Bachus, auf das Gewehr deutend.
Rainer erschrak sichtlich.
„Aber nein, daran habe ich wirklich nicht gedacht."

„Und was soll dann die Büchse? Willst du es etwa mit dem Wolf aufnehmen? Reichen dir denn die Toten noch nicht?", legte Bachus fast wütend nach.

Stubecke legte ihm freundschaftlich die Hand auf den Arm.
„Warum glaubst du wohl, dass wir hier sind. Wir haben das mit den Anfeindungen gegen dich und deine Familie längst mitbekommen und wir lassen es nicht länger zu, dass euch ein paar Idioten das Leben hier zur Hölle machen. Überlass das ab jetzt ruhig uns. Wir sind schon dabei, einigen Herrschaften die Daumenschrauben anzuziehen.
Rainer! Junge!
Du hast hier Freunde! Und uns beide kannst du zu hundert Prozent dazurechnen.

Dieser sah schweigend vor sich auf den Boden und war von der Anteilnahme und den warmen, herzlichen Worten sichtlich gerührt. Währenddessen verteilte Bachus den restlichen Wein gerecht auf die drei Gläser.

Als Rainer bemerkte, dass die Flasche leer war, schien er mit seinen Gedanken zurückzukehren.

„Soll ich eine neue..."

Bachus unterbrach ihn.

„Bleib sitzen. Wir trinken jetzt auf eine bessere Zukunft. Den Weinvorrat machen wir gemeinsam platt, wenn deine Familie zurück ist und sich alles wieder eingerenkt hat. Und jetzt ab mit dir in die Falle."

Sie leerten ihre Gläser im Stehen, dann verabschiedeten sich die späten Besucher mit festem Händedruck.

Die Heimfahrt verlief anfangs ohne Unterhaltung, da jeder seinen Gedanken nachhing, bis Bürgermeister Stubecke seine Sorgen nicht länger zurückhalten konnte.

„Warum bist du so schweigsam?"

„Weil ich deine Gedankengänge nicht stören wollte", erwiderte Bachus schmunzelnd.

„Und was sind meine Gedankengänge, großer Hellseher?"

„Die gleichen, wie meine. Wir haben beide Bauchschmerzen, ihn alleine zu lassen... aber es nützt nichts ... er ist kein Kind mehr. Sollen wir ihn etwa ins Bett bringen? Wenn er es tun will, zieht er es durch und kein noch so gut gemeinter Zuspruch wird ihn davon abhalten."

„Das sagst du als Pfarrer?"

„Das sage ich als Pfarrer. Er muss den Weg gehen, der ihm den Seelenfrieden zurückbringt. Sonst wird er nicht mehr froh im Leben."

„Und wenn es ihn das Leben kostet?"

„Dann war es eben Gottes Wille", antwortete Bachus ungewollt heftig.
„Dann ist er im Reich der Verstorbenen. Und er ist dort glücklich, weil er seinen Seelenfrieden gefunden hat."

„Und du weißt sicher, dass das so ist?"

„Was heißt sicher? Sagen wir mal so. Ich kann es dir nicht beweisen, aber ich glaube fest daran, dass es so ist, sonst wäre ich ein schlechter Seelsorger."

Rainer stand an der Haustüre und sah dem davonrollenden Wagen gedankenverloren nach. Es tat gut zu wissen, dass sich Freunde um ihn sorgten.
Doch als er die Wohnungstüre wieder zuzog und ihm seine Verlassenheit erneut bewusst wurde, wich die kurze Freude wieder bedrückender Trostlosigkeit.

Die Stille im Haus ohne Rita und die Kinder griff wie eine knöcherne Hand nach seiner Kehle und machte ihm das Atmen schwer.

Er öffnete das Fenster und starrte auf die dunkle Wand des nahen Forstes.

Wie hatte er diesen Anblick früher geliebt. Sein Wald. Das Rauschen des Windes in seinen Wipfeln. Das freudige Begrüßen des neuen Jahres wenn Lärchen, Buchen und Eichen sich im Frühjahr neu begrünten. Das Glücksgefühl von Wärme und Behaglichkeit in seinem Heim, wenn in den Wintermonaten bei strengem Frost die Schneelast schwer auf Äste und Zweige drückte.

Jetzt wirkte der Wald nur noch bedrohlich und düster.

Irgendwo da draußen lauerte diese Bestie.

Wut und Verzweiflung hielten sich in seinem Inneren die Waage. Dann schloss er mit einem entschiedenen Ruck das Fenster.

Asta fühlte die Anspannung ihres Herrn und wich ihm nicht mehr von der Seite. Rainer ging in die Knie und sprach leise auf sie ein.

„Ich kann dich leider nicht mitnehmen, mein braves Mädchen. Ich will nicht, dass dir etwas zustößt. Du legst dich jetzt in dein Körbchen und wartest, bis ich zurück bin. Und dann soll alles so werden wie früher, das verspreche ich dir."

Asta winselte leise und zitterte am ganzen Körper. Sie sah Rainer mit klugen Augen an, während er auf sie einsprach. Doch als Rainer mit dem umgehängten Gewehr das Haus verlassen wollte, gebärdete sie sich so wild wie noch nie, sodass Rainer Mühe hatte, sie an der Türe zurückzuhalten. Ihr aufgeregtes und hysterisches Bellen verfolgte ihn, bis er im Dunkel des Waldes untergetaucht war.

Ritas Mutter war anfangs voller Freude über den unerwarteten Besuch, bemerkte aber bald am veränderten Wesen ihrer Tochter, dass sich diese in einem absoluten Stimmungstief befand. Als ihr Rita etwas später dann mitteilte, dass sie mit den Kindern wohl eine Weile bleiben würde, hatte die alte Dame Gewissheit.

Erst am späten Abend, als die Kinder schon schliefen, ließ sie sich von ihrer Tochter die ganze Leidensgeschichte berichten. Rita redete lange, begann an dem Tag, als Rainer das tote Mädchen fand und wie die Anfeindungen gegen die Familie und schließlich die Zerwürfnisse in ihrer Ehe ihren Lauf nahmen.

Ihre Mutter hörte ihr schweigend zu.

Sie blieb immer noch still und nachdenklich, als Rita längst geendet hatte. Dieser bereitete das Schweigen zunehmend Unbehagen.

„Warum sagst du denn nichts? Bin etwa ich schuld, dass alles so gekommen ist?"

Die kluge Frau hielt den Blick noch eine Weile gesenkt, doch dann sah sie ihrer Tochter offen in die Augen. „Also, alleine schuld bist du sicher nicht. Aber schuldlos bist du sicher auch nicht."

Rita starrte sie ungläubig an und suchte nach Worten. „Aber..."

„Lass mich ausreden. Hast du dir je überlegt, in welcher Gemütsverfassung Rainer sein muss, seit er das tote Mädchen gefunden hat? Kannst du dir überhaupt vorstellen, welchen Schock der Ärmste erlitten hat? So wie ich ihn kenne, hat er sich zudem die heftigsten Vorwürfe gemacht, dass er nicht in seinem Revier war, als das passierte, um dem Mädchen beizustehen.

Dann die ganzen Anfeindungen gegen ihn, und was ihn viel härter trifft, gegen euch, seine Familie, die ihm doch alles bedeutet.

Und dann schlägst dich du fast noch auf die Seite der Anderen, wenn du seine natürliche Reaktion, den Wolf anzufahren, auch noch infrage stellst.

Dann wunderst du dich noch, wenn er dich anschreit? Ja was glaubst du denn, was es für ihn bedeutet, wenn sogar du in dieser schweren Zeit nicht zu hundert Prozent auf seiner Seite stehst.

Nein, meine Liebe. Da musst du dich schon selber an die Nase fassen. Rainer ist auch nur ein Mensch, mit all seinen Schwächen und Fehlern. Aber er ist dein Mann, der dich vergöttert und auf Händen getragen hat, falls du das vergessen hast.

Gerade in solch schweren Zeiten müssen Eheleute zusammen halten wie Pech und Schwefel, sonst war das Ja-Wort in der Kirche bloß leeres Geschwafel."

Sie schwieg eine Weile, dann aber nahm sie die Hand ihrer Tochter und deutete auf deren Ehering.

„Hast du wirklich das feierliche Gelöbnis vergessen, den andern zu lieben und zu achten, in guten wie in schweren Zeiten?"

„Du meinst...?"

„Ich meine, du solltest ihm das schnellst möglichst sagen und beweisen, dass du zu ihm stehst, egal wie knüppeldick es derzeit auch für euch kommen mag."

Rita hatte sich eigentlich von ihrer Mutter Zuspruch erhofft, denn in Wahrheit plagte sie ihr Gewissen. Es war ein Schnellschuss gewesen, einfach hierher zu fahren. Je länger sie darüber nachdachte, desto mehr kam ihr zum Bewusstsein, dass es wirklich unverzeihlich war, Rainer ausgerechnet jetzt zu verlassen.

Ehe sie sich zu einer Entscheidung durchgerungen hatte, bekam sie von ihrer Mutter weitere Vorwürfe zu hören.

„Kannst du dir überhaupt vorstellen, was dein Mann fühlen muss, wenn er nach Hause kommt und sein Heim ist leer? Wenn er begreift, dass er von Frau und Kindern verlassen wurde? Ich kann nur hoffen, dass er keine spontanen Dummheiten macht. Du würdest dein Leben lang nicht mehr froh werden, wenn noch ein Unglück...“

Rita fiel ihr erschrocken ins Wort.
„Was meinst du mit Unglück? Du glaubst doch nicht etwa, dass er...“
Eine alles lähmende Angst kroch ihr in alle Glieder.
„O Gott, er wird doch nicht versuchen, diese Bestie zu töten.“
In aufkommender Panik stürzte sie ans Telefon und wählte die Nummer von zuhause, und je länger es vergeblich anläutete, desto blasser wurde sie.

Ihre Mutter war neben sie getreten und sah sie fragend an.
Rita schüttelte den Kopf.
„Er ist nicht im Haus. Ich fahr jetzt wohl besser.“

Rainer hielt das Gewehr schussbereit in Händen, während er Schritt für Schritt, alle Sinne zum Zerreißen angespannt, immer tiefer in den Forst eindrang. Wiederholt verhielt er ganz still und lauschte in die Dunkelheit.

Trotz Vollmondes herrschte hier unter den geschlossenen Baumkronen gespenstische Düsternis. Bäume, Äste und Sträucher warfen durch das Mondlicht Schatten, aus denen jeden Augenblick ein Angriff erfolgen könnte. Nur der Kiesweg erschien als halbwegs helles Band. Der Wind wechselte ständig die Richtung. Sollte der Wolf nicht allzu weit entfernt sein, würde er längst über die Anwesenheit des nächtlichen Eindringlings Bescheid wissen.

Als Rainer wieder stehen blieb, um in die Dunkelheit zu horchen, hallte ganz nah der klagende Ruf einer Eule. Er fuhr erschrocken zusammen, dass ihm alle Glieder zitterten. Kalter Schweiß stand auf seiner Stirn. Er wischte sich mit dem Ärmel ab, massierte dann sein Gesicht mit beiden Händen, um sich etwas zu beruhigen, erschrak aber im nächsten Moment über seine Unachtsamkeit.

Hörbar stieß er die Luft aus, welche er unbewusst angehalten hatte. Angespannt beobachtete er die nähere Umgebung und machte sich dabei stumme Selbstvorwürfe.

Es war doch ein Fehler, Asta zuhause zu lassen. Sie hätte mir die Nähe des Wolfs sicher angezeigt. Aber was soll`s, so kann ihr wenigstens nichts passieren.
Rainer hing an der treuen Hündin nicht weniger als Rita und die Kinder. Sie war ein vollwertiges Familienmitglied, hatte Tina und Basti beim Heranwachsen bewacht und beschützt. Und sie litt die letzten Wochen mit der Familie

unter der bedrückten Stimmung, dem schwindenden Frieden und Glück im Haus.

Rainer war mittlerweile bei der Kreuzung an den vier Linden angekommen.
Wohin jetzt?
Welche Richtung sollte er weitergehen? Die Holzerhütte, wo er den Wolf angefahren hatte, war nicht mehr weit. Rainer konnte sich nicht entschließen. Das ganze Unternehmen erschien ihm mittlerweile voreilig und nicht zu Ende gedacht.
Wäre es nicht besser, umzukehren und es morgen früh ausgeruht und mit klarem Kopf anzugehen? Dann hätte er doch wesentlich bessere Karten. Jetzt, in diesem schummrigen Licht, war er einem Überraschungsangriff fast chancenlos ausgeliefert.
Er würde Asta, ganz kurz angeleint mitnehmen, dann könnte ihn der Wolf auf keinen Fall überrumpeln.

Trotz aller Anspannung machte sich durch den Beschluss zur Umkehr so etwas wie Erleichterung in ihm breit.
Gerade, als er sich anschickte, den Rückweg anzutreten, schreckte ein Reh.
Aufgeregt und warnend hallte der Ruf durch den Forst.

Seine eben noch verspürte Erleichterung wich einem beklemmenden Gefühl von nahender Gefahr.

Er versuchte, die Entfernung abzuschätzen, um sich etwas zu beruhigen. Zwei- bis dreihundert Meter waren es bestimmt. Einige Minuten horchte er mit flachem Atem in diese Richtung. Als sich in dieser Zeit nichts mehr tat, beruhigte er sich etwas.

Gleichzeitig registrierte er seine schmerzenden Hände, welche unbewusst, krampfhaft das Gewehr umklammerten.

Etwas erleichtert lockerte Rainer den Griff und schickte sich an, den Heimweg anzutreten.

Im selben Moment, da er sich umwenden wollte, hörte Rainer ein Rauschen und Brechen von Gezweig und gleichzeitig überquerten zwei Rehe den Weg vor ihm in panischer Flucht.

Sein Herz pochte wie verrückt.

Er wusste, der Wolf war jetzt ganz in seiner Nähe.

Stubecke hielt vor dem Pfarrhaus. Er war seltsam aufgewühlt, ließ den Motor laufen und brachte nur ein mühsames: „Da wären wir", heraus.

Bachus lächelte vor sich hin, drehte dann den Kopf zu seinem Freund und sagte: „Komm Dieter, stell die Karre ab. Wir trinken noch ein gepflegtes Bierchen."

Stubecke kam der Aufforderung erleichtert nach und folgte Bachus willig in dessen Arbeitszimmer. Dieser stellte zwei Gläser auf den Tisch, nahm aus dem Kühlschrank zwei Flaschen Pils und bemerkte:

„Pommern Pils. Neue Sorte. Echt Klasse."

Sie füllten bedächtig ihre Gläser und prosteten sich zu.

„Ich wollte nicht aufdringlich sein, Heinrich. Aber ich könnte jetzt doch nicht schlafen."

„Ganz meine Meinung. Zum Schlafen haben wir in der mit Samt ausgeschlagenen Kiste noch Zeit genug."

„Also hör mal. So genau wollte ich es wieder nicht wissen."

„Entschuldige bitte, aber das ging mir heute Vormittag bei der Beerdigung von der alten Frau Deeters auch so in den Sinn.

Den Spruch konnte die sich auf die Fahnen schreiben. Immer quirlig, überall dabei. Ob Rentnertreff, Strickabend, Gesangs- oder Turnverein, die Deeters war vertreten. Sie hat ihr Leben genossen bis sie ein Schlaganfall plötzlich wegraffte.

Und jetzt hat sie Zeit zur Genüge zum Ausruhen in der Kiste."

„Amen", sagte Stubecke amüsiert und setzte gleich nach: „Mein Glas ist leer. Als Pfarrer hast du mehr drauf wie als Schenkkellner."

„Du säufst heute aber auch wie ein Kamel nach drei Wochen Wüstenmarsch."

Stubecke musste herzlich lachen, während ihm Bachus eilfertig eine neue Flasche reichte, wurde aber schnell wieder ernst.

„Mir ist aber auch danach. Ich werde einfach das Gefühl nicht los, dass der dumme Junge in den Forst marschiert."

Bachus sah ihn eine Weile nachdenklich an. „Trink aus. Wir schauen nochmal bei ihm vorbei."

Das Forsthaus lag dunkel und verlassen vor ihnen, als sie in die Einfahrt rollten.

„Alles finster", stellte Stubecke etwas ratlos fest.

„Was machen wir jetzt?"

„Gute Frage, Dieter. Wir läuten ihn jetzt raus und fragen ihn dann, ob er schon geschlafen hat."

„Für einen Pfarrer hast du einen sonderbaren Galgenhumor."

Ehe Bachus etwas erwidern konnte, bog hinter ihnen ein weiterer Wagen in die Einfahrt. Erstaunt sahen sie sich an und stiegen gleichzeitig aus. Es war jedoch nicht Rainer, wie sie insgeheim gehofft hatten, sondern seine Frau Rita.

Alle waren etwas befangen, als sie aufeinander zugingen.

„Guten Abend, Frau Schorer, Sie werden erstaunt sein, hier noch so späte Besucher anzutreffen, aber wir sind heute Abend eigentlich schon zum zweiten Mal hier."

Rita unterbrach ihn etwas irritiert.
„Wie soll ich das verstehen?"

„Pfarrer Bachus, dem das Zusammentreffen leichtes Unbehagen bereitete, versuchte, zu erklären.
„Ihr Mann war bei der heutigen Versammlung in der Alten Post und ist von dort ganz plötzlich verschwunden. Da haben wir uns natürlich Sorgen gemacht und sind anschließend hierher gefahren. Wir haben uns ein kleines Stündchen bei ihm aufgehalten und sind dann zu mir gefahren. Aber...nachdem der Rainer doch irgendwie so seltsam war, sind wir eben noch einmal her gefahren und sind jetzt mit Ihnen zusammengetroffen."

„Ja und?", unterbrach ihn Rita, die immer nervöser wurde.
„Ist er jetzt zuhause oder nicht?"

„Das hofften wir eigentlich von Ihnen zu erfahren, wir sind nämlich auch erst vor wenigen Minuten angekommen und haben weder geläutet noch sonst etwas."

„Ich weiß es doch auch nicht. Ich...war bei meiner Mutter."

„Dann würde ich vorschlagen, dass Sie allmählich nachsehen", warf Stubecke ungeduldig ein.

Als sie sich dem Haus näherten, war Asta hochgradig erregt, denn sie kratzte, bellte und winselte hinter der Türe. Als Rita aufschloss, um Asta zu beruhigen, sprang die Hündin ungestüm und freudig an ihr hoch, fiel aber im nächsten Moment eine unsichtbare Fährte an, jagte davon, überquerte die Straße und verschwand rasend schnell im dunklen Forst.

Während Rita nach oben ins Schlafzimmer eilte, um nachzusehen, blickten sich Bachus und Stubecke betroffen an.
„Nun wissen wir Bescheid. Genau, wie wir befürchtet haben."

„Jetzt können wir nur noch beten", erwiderte Bachus leise seinem Freund.

Nach einer Weile kam Rita völlig aufgelöst die Treppe herunter, rannte noch vergeblich in ein paar andere Zimmer und stammelte schließlich: „Er ist nicht zuhause."
Dann rief sie plötzlich in aufwallender Angst: „Wo kann er denn bloß sein?"
Und während ihr die Tränen in die Augen schossen, flüsterte Rita fast bittend zu Bachus: „Er wird doch nicht ..."

In diesem Moment hallte tief aus dem Forst ein Schuss, Rita griff sich mit schreckgeweiteten Augen an die Brust und sank in derselben Sekunde ohnmächtig zusammen.

Mit angehaltenem Atem lauschte Rainer in das Waldstück, welches die Rehe eben in kopfloser Flucht verlassen hatten. In der Ferne verlor sich das Rauschen und Knistern.
Dann war die Stille vollkommen.
Nochmals überprüfte er seine Waffe. Das metallische Klacken, als er den Verschluss wieder verriegelte, erschreckte ihn.
Währenddessen überlegte er fieberhaft, wie er weiter vorgehen sollte, aber die aufflackernde Angst, welche er kaum mehr unter Kontrolle halten konnte, lähmte ihm jedes Denkvermögen.
Ganz langsam, zögerlich Schritt für Schritt bewegte er sich zurück Richtung Kreuzung. Selbst das Knirschen der Kiesel unter seinen Schuhen erschien ihm viel zu laut. Der volle Mond stand mittlerweile genau über ihm, so dass sich sein Silberlicht gespenstisch mit der Schattenwelt vermengte.

Alle seine Sinne waren auf die Dickung, aus welcher die Rehe geflüchtet waren, gerichtet. Deshalb hörte Rainer das Geräusch in seinem Rücken erst, als es schon auf dreißig oder vierzig Meter heran war.

Sich umdrehend registrierte er nur einen länglichen Schatten, welcher auf ihn zustürzte. Ohne Überlegung brachte er das Gewehr in Anschlag und zog den Abzug durch.

Im Hall des Schusses überschlug sich das Schattenwesen und lag, offensichtlich tödlich getroffen, mitten auf dem Weg.

Rainer presste seine Fäuste an die Stirn und versuchte, seinem Zittern Herr zu werden. Die weit über seine Kräfte gehende Anspannung der letzten Stunden und dann plötzlich, jetzt in diesem Augenblick, der nicht fassbare Gedanke, den Wolf endlich getötet zu haben, wusste er kaum zu verarbeiten.
Dass der ganze Irrsinn der letzten Wochen und Monate wirklich ein Ende haben sollte, erschien ihm wie ein glückhafter Traum.

Langsam, ganz allmählich wich die ganze Anspannung einem grenzenlosen, fast die Brust sprengendem Jubel, einer unbeschreiblichen Freude, die er nun auch bewusst genießen wollte.

Doch während er mit geschlossenen Augen, glückselig an einem Baum lehnend den Augenblick genoss, drang leises, klägliches Winseln an sein Ohr.

Zuerst wehrte er sich dagegen und glaubte fest, dass ihm sein Traum von der glücklichen Heimkehr eine Sinnestäuschung vorgaukelte.

Aber das Winseln kam wieder. Gnadenlos. Und seine unbändige Freude wich mit jeder weiteren Sekunde einem kaum fassbaren Entsetzen in der Erkenntnis, dass dort auf dem Weg seine über alles geliebte Asta liegen musste.
Halb besinnungslos vor Schmerz stürzte er vorwärts und mit jedem Schritt zu ihr wurde es schonungslose Gewissheit.

Ein unmenschlicher Schrei entrang sich seiner Kehle, als er bei ihr angekommen auf die Knie fiel und ihren Kopf zärtlich in die Hände nahm.
„Asta, liebe Asta, was hab ich dir angetan."

Ihr Winseln war jetzt kaum noch vernehmbar, dabei zitterte sie am ganzen Körper und leckte ihm vor Freude, wieder bei ihm zu sein, die Hände.
Während Rainer die Tränen über die Wangen liefen, versuchte er, sie zum Aufstehen zu bewegen. Mit größter Mühe stemmte Asta sich hoch und stand mit zitternden Gliedern, aber offensichtlich litt die Ärmste unter entsetzlichen Schmerzen, denn sie sah ihn nur mit einem unendlich traurigen Blick an, der ihm fast den Verstand raubte und legte sich sofort wieder nieder.
Als er sie aufheben wollte, verstärkte sich ihr Winseln augenblicklich, so dass er den Versuch sofort wieder

aufgab. Hastig riss er eine Hand voll Moos aus und presste es auf die stark blutende Schusswunde.

Beruhigend redete er mit brüchiger Stimme auf sie ein.

„Hab keine Angst, mein Mädchen. Ich lass dich hier nicht allein. Wir werden schon einen Ausweg finden."

Bachus und Stubecke griffen gleichzeitig zu, als Rita ohnmächtig zusammenbrach. Gemeinsam trugen sie die Ärmste ins Haus und legten sie aufs Sofa. Während Stubecke Nerven zeigte und mit der Situation restlos überfordert war, bewahrte Bachus absolut klaren Kopf und brachte seinen Freund mit kurzen und präzisen Befehlen auch wieder auf die Reihe.

„Mach einen Lappen nass und leg ihn ihr auf die Stirn, dann lagerst du ihre Füße hoch und suchst etwas Alkoholisches zum Trinken. Am besten einen Kognak oder einen Klaren."

„Was denn, für sie etwa?"

„Ja natürlich für sie. Das heißt, selbstverständlich für mich auch einen. Ich kann jetzt eine hochprozentige Stärkung vertragen. Mach schon, Dieter."

Währenddessen hing Bachus am Telefon, informierte die Polizei, die Feuerwehr und den Rettungsdienst. Als er den Hörer auflegte, sah er, wie Rita langsam wieder zu sich kam.

Man konnte es an ihren Gesichtszügen ablesen, wie sie sich an das eben Geschehene wieder herantastete. Als ihr Bewusstsein endgültig wieder klar war, begann sie zu zittern und zu schreien und geriet zunehmend in absolute Panik.

Stubecke fasste sie an beiden Händen und versuchte vergeblich, sie zu beruhigen.

„Ich bin schuld, wenn ihm etwas zugestoßen ist. Ich ganz allein bin schuld", stammelte sie immer wieder.

Bald darauf trafen Polizei und „Sanka" gleichzeitig ein.

Erst die Männer vom Rettungsdienst schafften es, Rita ruhig zu stellen und verfrachteten sie zur Überwachung in den Krankenwagen. Bald darauf waren ein weiterer Polizeiwagen und die Feuerwehr eingetroffen. Nach kurzer Beratung einigte man sich darauf, sofort aufzubrechen und alle Forststraßen abzufahren.

Der Wolf durchstreifte unruhig eine Buchenabteilung. Hier hatte er vor Tagen ein verendetes Rehkitz gefunden, das zum größten Teil schon in Verwesung übergegangen war. In seinem Heißhunger schlang er es hinunter, dass nichts mehr übrig blieb. Aber jetzt war er wieder hungrig und reizbar.

In dem Moment, da er nun den Menschengeruch witterte, erstarrte der Räuber und seine Nackenhaare sträubten sich. Dann schlich er langsam und beständig darauf zu.

Als ihm der wechselnde Wind endgültig Bescheid über die nahe Beute gab, zog er vor Erregung die Lefzen hoch und knurrte verhalten.

Nachdem die beiden Rehe vor ihm wegflüchteten, verharrte er eine Weile, danach schlich er langsam bis zum Dickungsrand.

Im selben Moment, da er Rainer sah, presste er sich flach auf den Boden. Seine Muskeln spannten sich, er sammelte kurz alle Kräfte für seinen Überraschungsangriff. Gerade, als er sich losschnellen wollte, hallte Rainers fataler Schuss auf Asta überlaut und schien sich unter den Wipfeln und Baumkronen mehrfach zu überschlagen.

Der graue Räuber sank augenblicklich wieder in sich zusammen und beobachtete lange Zeit.

Als sein ausgewähltes Opfer später schließlich auf dem Weg kniete, spannte er seine Muskeln für einen endgültigen Angriff.

Rainer hatte das Gewehr auf den Boden gelegt und sein Gesicht an Astas Kopf geschmiegt. Während ihm vor Mitleid und Verzweiflung die Tränen den Blick verschleierten, redete er leise auf sie ein. Asta fühlte die tiefe Sorge ihres Herrn und genoss trotz ihrer unsäglichen Schmerzen seine Zuwendung.

Doch plötzlich schnellte sie mit einem Knurren in die Höhe, so dass Rainer erschrocken aufsprang. Mit ihren letzten Kräften stürzte sich Asta dem angreifenden Wolf entgegen, der schon auf wenige Meter heran war. Trotz ihrer schweren Verletzungen wollte sie Rainer beschützen und griff den übermächtigen Gegner todesmutig an.

Sie versuchte instinktiv, ihn an der Kehle zu fassen, was ihr auch gelang, brachte aber durch ihre schwere Verwundung nicht mehr die Kraft auf, einen tödlichen Biss anzubringen. Mit einem einzigen Schlenker schüttelte der Wolf sie ab und hatte der Ärmsten im nächsten Moment die Nackenwirbel durchgebissen, dass es nur so krachte.

Rainer war starr vor Schreck. Das Gewehr lag zu seinen Füßen, doch er war unfähig, sich danach zu bücken. Seine Glieder waren wie gelähmt. Erst als der Wolf von seiner geliebten Hündin abließ und zum Sprung ansetzte, löste sich seine Starre. Er griff noch wie in Trance nach seinem Jagdmesser im Gürtel um es der Bestie in den Körper zu rammen, doch er hatte es kaum in Händen, als ihn der heftige Anprall zu Boden riss.

Rainer fühlte noch die tödliche Klammer des schrecklichen Gebisses, dann schwanden ihm die Sinne.

Im Augenblick des Todes durchflutete ein wohlig warmes Glücksgefühl seinen Körper und herrliche Bilder zauberten ein Lächeln auf seine Züge.

Er sah sich mit Asta nach Hause kommen, seine geliebten Kinder Tina und Basti stürmten johlend herbei und klammerten sich an ihn, Asta umsprang vor Freude die Rasselbande wie verrückt und dann kam Rita, freudestrahlend und engelsgleich schön auf ihn zu und schloss ihn wie früher liebevoll in die Arme.